文春文庫

おまえじゃなきゃだめなんだ

角田光代

文藝春秋

おまえじゃなきゃだめなんだ

目次

――ほんもの、が欲しい――

約束のジュエリー

第一話　今日を刻む　15
第二話　扉を開ける　19
第三話　時を磨く　23
第四話　あの日に還る　27
第五話　世界に踏み出す　31

あの宿へ

しずかな絢爛　37
下り坂上り坂　43

あなたはあなたの道を 49
彼女の「ほんもの」 55

さいごに咲く花 61
最後のキス 69
幼い恋 75
おまえじゃなきゃだめなんだ 81

―好き、の先にあるもの―
それぞれのウィーン 115
すれ違う人 127
不完全なわたしたち
1 マシェール二番館 中野区丸山二丁目 139
2 芙蓉館 御殿場市三ノ岡 149

3 北原荘201号室 横浜市港北区小机町21×× 161
4 スカイビル十四階 横浜市西区高島二丁目 173
5 平岡荘101号室 横浜市神奈川区神大寺二丁目 183
6 紅座 横浜市港北区仲手原21×× 193
7 共栄ハイツ305 杉並区久我山2-9-×× 205
8 橙の家 川崎市高津区二子1-××-×× 217
消えない光 229

おまえじゃなきゃだめなんだ

ほんもの、が欲しい

約束のジュエリー

第一話　今日を刻む

　男の子にジュエリーをねだるような女にはならないと、鈴花は思っていた。女子大に通っていた四年間でそんな考えを形成したのである。

同級生たちはみんなお洒落《しゃれ》できれいだった。恋人のいる子は恋人のいる子だけで集まって、恋愛の話ばかりしていた。クリスマスや誕生日に、決まってジュエリーをプレゼントしてもらって、さりげなく見せびらかし合っていた。どこか垢抜《あかぬ》けず、恋人もできないままの鈴花は、彼女たちを見下していた。それが妬《ねた》ましさや嫉妬《しっと》だと自覚のない鈴花は、男友だちに平気でしゃべった。「彼氏もたまったものじゃないよね、あんなふうに比べられたら」そして件《くだん》のせりふを続けたのである。男の子からジュエリーをもらって……と。

「比べるって、何を？」高校時代の同級生で、他校に通う亮介は真顔で訊《き》く。「値段に決まってるよ」鈴花は答える。「うへえ、なんかこわい」と言う亮介に、「ね、こわいでしょ」同意を求めると、「違うよ、そんなこと考えてるおまえがこわいよ」と言われ、激しく落ちこんだ。

彼女たちが見せ合っていたのは、宝石の大きさではなくて、だれかを好きになった、だれかに好かれた、その気持ちの大きさだろうと、女子大を卒業して三年経つ今ならわかる。鈴花は今、地下鉄の乗り換えで迷うこともなく、あこがれていたジュエリーショップにもこうして入ることができる。かつての男友だちは今では恋人になった。来週の誕生日は、亮介がレストランを予約してくれた。

はじめて二人で迎える誕生日のプレゼントは、たぶんジュエリーではないだろう。今ごろ鈴花は後悔している。得意ぶってあんなふうに言ったことを。今年の誕生日には、ずっとほしかったネックレスを自分に贈ると決めていたけれど、でも、やっぱり、だれかからもらいたかった。何かのかたちになった、好きだという気持ちを見てみたかった。

こ、恋人の、と口ごもる声に、鈴花は顔を上げる。ロの字のショーケースの向かいに、亮介がいる。その耳が真っ赤になっている。贈り物ですね、と店員さんに言われて顔を上げた亮介は鈴花に気づき、絶句する。

ドアマンが扉を開けるような店に入るのは、亮介には多大な勇気がいった。けれど恋人の誕生日には、奮発してジュエリーを買うのだと決めていた。が、その店に、当の恋人がいるとは思わなかった。

「ああ、なんだかまだ頭がくらくらする」夜の降りた町を歩きながら亮介は言う。宝石の名前はダイヤモンドしか知らないが、ジュエリーがあんなにきらきら光を放つものだと知らなかった。

「本当にびっくりした。一瞬、ほかの女の子にクリスマスプレゼントを選んでるのかって思った」

「なんだそれ」亮介は笑う。

恋人の鈴花には言っていない秘密があった。高校生のころ、亮介は半年ほど交際していた女の子がいた。ひとつ年上で、女子校に通っていた。クリスマスに指輪がほしいとその子は言ったが、アクセサリー売り場で指輪を買うなんて恥ずかしくてできなかった。モノじゃないよ、気持ちだよ、と自分に言い聞かせてプレゼントも渡さなかった。そのうち自然消滅のように会わなくなって、卒業するときにはきれいさっぱり忘れていた。忘れていたことに気づいたとき、亮介はびっくりした。未練ではけっしてなくて、記憶の、そのあっけなさに。あのときはあんなに好きだったのに。そうして決めたのだ。もっと大人になって恋人ができたら、何かかたちのあるものを贈ろう。好きだという気持ちを託せる何かを。

「でも、どうしてあのお店を選んだの」鈴花が不思議そうに訊《き》く。

「鈴花の部屋の本棚に、あの店の名前がついた本があったから」

「ああ、それで」何がおかしいのか、鈴花は笑い出す。

「でも、もう中身がわかってるから、来週あらためてもらっても、びっくりしないよな」

「ううん、びっくりするよ。そのプレゼントを見るたび、今日の偶然を思い出してびっくりする」

そうか。そうだよな。亮介はひとりうなずく。消えていくものを消さない方法も、あるんだな。

第二話　扉を開ける

婚約指輪もなくていい、式も挙げなくていい、という紀子は、女性としてはめずらしいほうなんだろうなと正人は思っていた。正人自身、すごく式を挙げたい、なんとしても婚約指輪を贈りたいというわけでもなかったので、それでいいかと思ってもいた。正人の両親も反対しなかった。

いいえ、婚約指輪は何があっても贈りなさい。と言い張ったのは、近所でひとり暮らしをしている父方の祖母である。

だれにも言ったことがないんだけどね、とほかに人もいないのに祖母は声を落とした。もう亡くなったおじいちゃん、女の人がいたのよ。あんたのおとうさんがまだ小学生のころ。仕事が忙しいなんて言ったって、女にはぴーんとくるの。女の勘を馬鹿にしちゃいけない。そのうち帰ってこない日も増えてきて、消えてしまいたいとぼんやり考えたりしたの。そんな考えが浮かぶたびに私、いただいた婚約指輪を出して眺めたの。こんなすばらしいものをくれるくらい、私は愛されたんだって自分に言い聞かせて。私とうとう相手の人を調べ上げて、一生に一度の勇気を振り絞って会いにいったのよ。左手には結婚指輪、右手にはその婚約指輪をお守りみたいにはめて。相手の女もおんなじくらい立派な指輪をしてきたらどうしようかと思いながら。馬鹿だわね。喫茶店で会って、別れてくださいと頭を下げて、帰ってきたの。そのあとおじいちゃんは帰ってきた。それが指輪のおかげとは思わないわよ、巡り合わせでしょう。でもね、漠然と消えてしまいたいと思ったあのときに、見つめるものがあってよかったと思うのよ。見つめ返す強い光があってよかったって。だからね、婚約指輪は買いなさい。いつどんなふうにあんたたち夫婦を助けるか、わかんないから。

「おれの浮気防止に買うみたいじゃないか」祖母の話を正人は笑ったが、その後、幾度も光景が浮かんだ。暗い台所でひとり宝石箱を開け、白い輝きに見入る、ひとりの若い女の姿。そのちいさな光に、たいせつな記憶を見出そうとしている知らないだれか。うん、買おう、かたちある何かを、結婚の約束のために。正人は思った。

婚約指輪もいらなかったし、結納や結婚式といった堅苦しいことも、紀子はするつもりがなかった。

正人には言っておらず、今後も一生言うつもりはないが、紀子には結婚直前までいった人がいた。五年前、紀子は二十八歳で、友だちの紹介で知り合ったその相手とは、三年間交際していた。ダイヤモンドの指輪をもらい、結婚しようと言われたとき、紀子は舞い上がった。指輪を毎日つけて眺めた。休みのたびに相手と二人で式場を下見にいった。

式場が決まりかけていたときに、相手から別れを告げられた。運命の人に出会ってしまったのだと彼は言った。その運命の相手は一ヵ月前に職場に派遣されてきた女の子だという。紀子は泣いたり騒いだりして抵抗し、婚約不履行で訴えるとまで言ったのだが、相手はかたくなになるばかりだった。指輪を返してほしいと言われたときに、ようやく別れることを決意できた。こんなケチな男と、式場が決まる前に別れることができて幸いだったと思うことができた。

正人はそんなふうな男ではない。けれど婚約指輪だの式だのは、紀子のなかで悪いイメージしかなくなってしまった。それをやれば、また何かよからぬことが起きてしまうような類《たぐい》の。それでも見るだけ見にいこうと正人に言われ、紀子はジュエリーショップにいった。つきあってからはじめての紀子の誕生日に、正人が贈ったシルバージュエリーを買った店だった。

店内に足を踏み入れたとたん、気持ちが華やぐ。婚約指輪はいらないというだけで、紀子もジュエリーが嫌いなわけではない。ふと、鍵のついたネックレスに目がとまる。鍵の持ち手の部分が気品のあるゴールドのハート型になっている。過去なんて関係ない、まったく新しいことを、これからこの人とはじめるんだと紀子は気づく。

「ねえ、指輪じゃなくてこのネックレスじゃだめかな?」

その華奢《きゃしゃ》でうつくしいジュエリーが一瞬、自分たちの新しい未来を開くほんものの鍵に、紀子には見えたのである。

第三話　時を磨く

夫の浩平が帰ってくるのが、南都子はこのところずっと待ち遠しくてしかたがない。自分も仕事を終えて帰ってきて、三十分程度で作るかんたんな夕食だが、品数も増え内容も豪華になっている。今日のメインはミラノ風カツレツだ。赤ワインのコルクももう抜いてある。

帰るとすぐに台所をのぞく浩平は、「お、豪勢だなあ」と満面の笑みで言い、洗面所に向かう。南都子はうきうきとテーブルを調える。今日あたり、そろそろじゃないか。本当の記念日はまだ一カ月も先だけれど、お祝いを早めた浩平なりの理由があるのだろう。

ところがその日も何もなかった。浩平はうまい、うまいと連発して食事を終え、赤ワインで機嫌よく酔って風呂に入っている。おかしい、と南都子は思う。たしかに見たのだ、銀座のジュエリーショップに浩平が入っていくのを。十年前、二人で結婚指輪を選んだ店だ。

「ねえ、あなた、何か私に隠しごとしてる?」風呂から出てきた浩平に、南都子は思いきって訊《き》いた。へっ、と声を裏返し、「し、して、してないよ! す、す、するはずないだろう」と、何か隠しているとしか思えない返答をして、浩平はそそくさと寝室に向かった。

翌日、仕事にいく浩平を見送った南都子は、自分も出勤の準備をし、ふと思いついて、旅行鞄に衣類を詰め、メモを書いてテーブルに置いた。

「ひとりで考えたいことがあります。」

ちょっとちょっと、奥さん。何よ旦那さん。新婚の奥さーん。なんでしょう旦那さま。馬鹿みたいにくり返し、その都度笑い転げながら、結婚指輪を買いにいったときのことを南都子は思い出す。その同じ店で、浩平がほかのだれかに贈るものを買う日がくるなんて、あのときは想像もしなかった。南都子は薬指から指輪を外す。裏側を見ると、入籍した日付が書いてある。残酷だなと南都子は思う。気持ちは変わるのに、指輪はあの幸福な日を刻印したまま、そこにとどまっているみたい。指輪をメモの上に置き、南都子は部屋を出る。

一生黙っているつもりだった。隠し通せる自信もあった。実際、自分にしてはうまくことを運んだと浩平は思っている。唯一の誤算は、妻の南都子がその日たまたま銀座にいたことだ。友人と食事に向かう途中、ジュエリーショップに入る夫を見かけたらしい。

なんとか誤魔化して隠し通そうとしたけれど、無理だった。どこにいったのか、二晩帰ってこなかった南都子を説き伏せて、ようやくレストランで向かい合い、今、浩平は真相を語ったのだった。どんな言葉で怒られ、どんな顔で失望されるかと身構えていたのに、浩平の告白を聞くと南都子は笑い出した。

「そんな、正直に言えばよかったのに。結婚指輪をなくしたことくらいで、怒らないよ」

「だって」指輪をなくしたことに怒り、失望したのは自分だったと浩平は気づく。指輪を買いにいった浮かれた日のことを、昨日のことのように覚えている。あれから十年。浮かれていられるようなことばかりではなかった。喧嘩は数かぎりない。望んだ子どもはできなかった。仕事がうまくいかない時期もあった。お互い忙しくてすれ違いのような時期も。そんなとき、浩平はあの日を思い出していた。若くて、経験もなく、楽観のかたまりで、好きだという気持ちだけで、何もかもうまくいくと信じていた無敵な時間を。もう二度とそこに戻ることはできないけれど、そういうときが、たしかに自分には、いや、自分たち二人にはあったと、指輪を見るたび思うのだった。その指輪を、なくした。

指輪、見せてと言われ、浩平は新しく買いなおした指輪を渡す。十年前に買ったのと同じデザインのものに、同じ刻印を入れてもらった。ふいに南都子が顔を輝かせる。

「ねえ、私にも新しいのを買って。十年の節目に、二人で新調しよう」

「ええ?」呆《あき》れて笑いながら、そうしたら、この先ずっと、指輪を見るたび、この夜を思い出すのかなと浩平は思う。あっけなくばれた、ささやかな秘密を二人で笑ったことが、この先も支えてくれるのかなと。

第四話　あの日に還る

　505号室の吉田さんの妻、たえ子に、銀座の宝石店に連れていってほしいと頼まれたとき、恒吉はぎょっとした。頼める人があなたしかいない。たえ子があまりにも切羽詰まったように言うので、承諾した。

　恒吉の職業はスポーツインストラクターで、週に三回シニア向けマンションに通って有志のための体操指導やレクリエーションをしている。吉田さんは三年前に入居したご夫婦で、このごろは参加しないが、入居してしばらくは夫婦でよくレクリエーションに参加していた。

　土曜日の午後、恒吉はたえ子を伴って外出した。地下鉄を二度乗り換え、銀座駅で降りる。まだ一カ月も先なのに、町はクリスマス一色だ。恒吉の隣を歩く小柄なたえ子は、オーナメントの飾られた街路樹を見上げ、クリスマスなのねえ、とつぶやいている。

ここよ、ここ。たえ子が入っていったのはジュエリーの有名店である。高級店のたたずまいに怖じ気づきつつ、たえ子に続く。

お店の人と何かやりとりしたあと、たえ子は奥のコーナーに通された。ソファに腰掛けるたえ子の隣に所在なげに座る。「これ、なんだけどね」たえ子はハンドバッグから青い箱を出す。角のすり切れた、ずいぶん古びた箱をそっと開ける。「これ、ふふふ、わかるでしょ、ガラス玉なの。これとおんなじくらいのダイヤのついた指輪をいただきたいの。ええ、婚約指輪」

恒吉は意味がわからなかったが、対応した女性スタッフはにこやかに去り、数分後、台にのせたいくつかの指輪を持ってきた。ひとつひとつ、時間をかけてたえ子の指にはめていく。

なんてきれいなんだろうと恒吉は見とれ、自分が見とれているのがダイヤモンドではなく、それをはめたたえ子の手であることに気づき、ちょっとびっくりする。しわしわの、しみのある、乾燥したちいさな白い手が、指輪をはめたとたん、ぱっと光を放つ。それにしてもなんだって、七十歳を過ぎたたえ子さんが、婚約指輪なんか買おうとしているのだろう、と恒吉は首をかしげる。

「今日はありがとう」帰りの地下鉄で、隣に座った恒吉にたえ子は言う。恒吉はずっと腑《ふ》に落ちない顔をしている。こんなおばあさんが婚約指輪なんてのも意味がわからないのだろう。「あの人に、夫に、言わない？」たえ子が訊《き》くと、言いませんよと恒吉は真顔で答える。

「今から五十年も前よ。あの人、私と結婚の約束をしていたのに、会社を辞めて外国にいっちゃったの。映画の勉強がしたくてね。私、結婚も諦めていたんだけど、帰ってきたのよ、一年後に。フランスの映画祭のお手伝いになって。ほら、アラン・ドロンがきたときよ。それでね、アメリカで買ったっていう指輪を持って会いにきたの、待たせたな、って」

その映画祭の手伝いがきっかけとなって、夫の壮一は映画会社に勤めることになった。結婚し、男の子と女の子がひとりずつ生まれて、郊外にちいさな家も買った。けれど、世のなかがバブル景気で浮かれているとき、壮一の会社が倒産した。子どもたちは大学生と高校生、壮一の次の就職先はなかなか見つからなかった。家計は困窮を極めた。

「私、あの人に内緒でね、いただいた指輪をお金に換えたの。三年後、あの人の再就職も決まってようやく落ち着いたときにそのお店に取り戻しにいったら、とうの昔に売られてたわ」

そのことを忘れないよう、ガラス玉の指輪を買って、元のケースにしまった。四十代の後半だったたえ子は、約二十年ぶりに、それから働きはじめた。お金を貯めて、いつか買おうと思っていた。夫にもらったものと同じカラットのダイヤモンドの指輪を。

「あの人ね、入院するようにお医者さんに言われたの。ううん、たいしたことないわ、すぐ戻ってこられるでしょう。でも、何かあってからでは遅い。今のうちに取り戻さないと。そう思って、あなたに頼んだってわけなのよ。アメリカにしかなかったお店が、東京にあるなんて、すごい世の中だわね」たえ子は青い袋のなかをのぞく。店員がリボンをかけてくれたちいさな箱がそこにある。五十年前に胸躍らせたのと同じ、ちいさな青い箱である。

第五話　世界に踏み出す

このクリスマスは、妹の理菜が生んだ赤ん坊に、生年月日と名前を彫った銀のスプーンを贈ろうと香菜は思っていた。香菜の働くジュエリーショップでも、豊富なベビーギフト用品を扱っている。理菜の妊娠がわかってから、ギフト用品を何度も見て迷い、結局、持ち手がハート型になったベビースプーンを香菜は注文しておいた。

理菜は、予定日どおり十二月のはじめに女の子を産んだ。生まれたと聞いた香菜は、仕事を終えると病院に駆けつけた。お昼過ぎに産んだはずなのに、理菜も、理菜の夫も、子どもみたいにまだ泣いていた。くじけそうになりながら、五年間不妊治療をしていた二人を知る香菜も、思わず声を上げて泣いた。三日後、赤ん坊は七実と名づけられた。

クリスマス直前は、ほかのジュエリーショップに負けず劣らず、香菜の働くショップも大忙しになる。しかも今年は三連休だ。忙しければ忙しいだけ、店内に幸福な雰囲気が満ちるこの季節が、香菜は嫌いではない。

連休初日、ショップ気付で香菜宛てに手紙が届いた。一カ月ほど前、婚約指輪を買わせていただいたおばあちゃんです、と達筆で書かれた手紙を読んで、ああ、と香菜はすぐに思い出す。見るからにイミテーションの指輪を見せて、このくらいのダイヤの指輪がほしいと言った女性だ。

夫からいただいた婚約指輪を、わけあって手放していたのですが、夫とのお別れに間に合うように取り戻すことができました。今、このうつくしい宝石は、あの人からの二度目の求婚のようです。指にはめて眺めていると、天国でまたいっしょになろうと、待たせたぶん、待たせていいぞと、あの人の声が聞こえてきます。選んでくださって、どうもありがとう。

女性のことは覚えているが、手紙の意味は香菜にはよくわからなかった。それでも、ありがとうという言葉がうれしくて幾度も読んだ。指輪をはめた女性の、内側から光を放つような笑顔も、幾度も思い起こされた。

その手紙が何かのきっかけだったように、その連休中、これまで香菜が接客したお客さんを何組も見かけた。ほかのスタッフに相談しながら、クリスマスプレゼントを選んでいるらしい男性は、たしか、ここで恋人と鉢合わせした人だ。あんまりびっくりして、二人で見つめ合っていたお客さんたちだから印象に残っている。

結婚指輪をなくしたと言って、真っ青な顔で入ってきた男性は、香菜を覚えていて会釈する。妻も結婚指輪を新しくしたいのだと言い、奥さまらしき女性が照れくさそうに笑う。十年目に結婚指輪を新調するなんて、なんておもしろい発想だろうと香菜は感心しつつ、接客する。

老婦人の手紙を思い出す。こまかいことはわからないけれど、でも彼女は、何かとてもたいせつなものを買いにきたのだ。そう思うと、自分がここで扱っているものが、ジュエリーや宝石といった「もの」ではなくて、それぞれの人の人生にかかわるような、深くて大きな何ごとかのような気がした。背筋が伸びる。

クリスマス前夜、理菜の出産祝いをすることになっている実家へと香菜は急ぐ。手にした袋には、両親と理菜夫婦への贈り物、それから七実への贈り物が入っている。ベビースプーンといっしょに、七実に贈るちいさな鍵のネックレスの包みもある。

「なあにこれ、すごくきれい！　赤ちゃんにはもったいない、私がもらう」包みを開けて言う妹に、「だめ、それは七実のもの」香菜は真顔で返す。

そう。その鍵はこの世界にやってきたばかりのこの子のもの。

その鍵で開けた世界は、とんでもなくすてきなもので満ちているんだよ。私がちょっとだけ触れた、たくさんの人の人生のしあわせな欠片《かけら》、だれかのたいせつな思い、だれかを思う気持ち、変わらないもの、消えないもの、だれにも奪えないものが、その世界にはいっぱいある。だから七実、この先、こわいことやかなしいことがあったときには、その鍵で開けた世界を見にいきなさい。

勢いよく泣き出す七実のちいさな手に、香菜はまあたらしい鍵をそっと握らせる。

あの宿へ

しずかな絢爛

映画村という標識を過ぎてしばらく進み、タクシーは右折して川沿いを走りはじめる。急に行き交う人の姿が多くなり、窓に顔を近づけた志織は、あっ、と思わず声を出す。隣に座る夫の康介が「どうかした？」と志織をのぞきこむ。

「ここ、私、きたことある」窓の外に目を向けたまま志織はつぶやく。

「いつ？」

志織は指を折って勘定し、「やだ！ 二十八年前」答えて、笑ってしまう。「高校の修学旅行できたの、今の今まで忘れてた。運転手さん、渡月橋を渡らずに、あの交差点で下ろしてください」志織は言った。

タクシーを降りる。おだやかに流れる川沿いを、大勢の観光客が歩いている。川を歩いて渡っている人たちもいる。道路を隔てて土産物屋や飲食店が並び、そこもまた人で埋め尽くされている。ずいぶん若い人が多い。修学旅行だろうか、制服の一団もいる。志織はつい立ち止まり、目をこらしてしまう。

しおりん、食べすぎ、デブるよ。ねえねえ、あの男子たち、こっち見てない？ どこの学校だろ。えー、訊いてきたら？――笑い転げる制服姿の自分たちがくっきりとあらわれる。水穂にいずみ、それから美南。自由行動のときの四人グループだ。なんてまぶしい光を放っているのだろうと、浮かび上がるその姿を見て志織はうらやましくなる。

「二十八年前って十七歳？　楓より年下じゃないか」隣に立つ康介の声で我に返る。ひとり娘の楓は今年の春、大学一年生になった。バスケサークルの合宿で二泊三日留守にするので、それにあわせて康介たちは、結婚二十周年を祝う、少々贅沢な小旅行を計画したのだった。

「本当ね、びっくりしちゃう。楓より若かったなんてね」

橋を渡る。午後の日射しに川面がきらめいている。さらに渡月小橋を渡ると、旅館に向かう舟の船着き場がある。法被《はっぴ》を着た従業員に案内され、待合室に入ってからも、志織は橋の向こうに、まるであのころの自分たちがいるかのように目をこらした。重要文化財や世界遺産のお寺や神社は退屈だった。土産物屋をのぞき、買い食いしているのがたのしかった。夜、明かりの消えた部屋で声を落として夢中で話した。早く結婚したいとか、映画にかかわる仕事をしたいとか、将来の夢を言い合っていると、私は年なんかとりたくないと倉本水穂が真顔でつぶやいた。大人なんてつまらない。今がたのしい、と。

水穂は今どうしているだろう、と志織は考える。大学卒業後、レコード会社に勤め、三十歳のとき音楽家と結婚した。そのころまでは行き来があったし、携帯電話やパソコンが普及して、メールのやりとりも頻繁だった。その四年後、水穂が離婚してから、なんとなく連絡が途絶えた。何をどう言っていいのか志織はわからなかったし、専業主婦の志織に、水穂も話しづらかったのだろう。

そして、あのとき自分はなんと言ったのだったか。思い出すより先に、舟に案内される。景色が見えるように椅子は川縁を向いている。舟が漕ぎ出すと、渡月橋の喧噪がゆっくりと遠ざかっていく。そうだ、何になりたいと私は言わず、水穂に同意したのだったと志織は唐突に思い出す。大人なんて、ほんとつまんなそうだよね、と。嵐山の交差点で、十七歳の私が、二十八年後の私を見かけたとしたら、きっと失望するだろう。なーんだ、本当に、つまらない、なんでもない大人になったんだね、と。そう思って志織は笑いそうになる。たしかに私は、つまらないただの専業主婦になった。願うことといえば、家族の健康と日々の平穏。

あちらが嵐山で、こちらが小倉山となりますと、船頭さんが説明するころ、突如、異世界になる。渡月橋近辺のにぎわいは遠い夢のように消え、視界一面、さまざまな色に紅葉した木々ばかりになる。赤、橙、黄、緑、無数の種類の色が競い合うように並び、途轍《とてつ》もなく大きなパッチワークのようである。それが川面に映って、静寂のなか、絢爛豪華な世界が際限なく広がっていく。きれい、と隣の康介と言い合うのも忘れ、志織はぽかんと口を開けて見入る。泣きそうになる。景色に泣かされることなんてあるのか。

宿の船着き場から石段を上がり、旅館の敷地内に入る。紅葉した木々に埋もれるように建物が点在し、色づいた落ち葉が絨毯のように奥へとのびている。案内された部屋の窓は、まるで額縁のようだ。景色ではなくて、めったに見ることのできない芸術作品が飾ってあるようだった。

「楓にも見せてあげたかったね」思わず言うと、

「いやいや、楓にはまだもったいないよ。なんでテレビがないのってまず言うのがオチだよ」やはり窓の外に見入ったまま康介が応え、志織は思わず笑う。

「そうね、本当だね」そうだった。あのころの私たちがそうだった。川の向こうで、土産物屋と買い食いとおしゃべりに夢中になって、川も景色も見ようともしなかった。それが、そういうことだけが、世のなかのたのしいことだと信じていた。その先に、世界はもっとある。年齢を重ねたからこそ、うつくしいと思えるものがある。平凡や退屈が、静かな日々が、つまらないどころか、奇跡のようなものだと今、志織は知っている。

「ちょっと川沿いを散歩してみようか」

康介が言い、志織は賛成する。窓の外の、幾重にも重なり合う色の競演を肩越しに振り返り、ひさしぶりに連絡をしてみようと決意する。いっしょに大人になった、水穂やいずみ、美南。あのころとはまったくべつの場所に立っているはずの、かつての少女たち。

下り坂上り坂

ちょっと待ってよ。遥か上まで続く階段を見上げて、水穂は思わずつぶやいてしまう。どこまで続くの、この階段。宿を出て国道を散歩途中、「伊豆山神社参道」と書かれた鳥居を見つけた。伊豆山神社は縁結びの神さまではなかったかと思い出し、軽い気持ちで上りはじめたのだが、上っても上っても、階段は果てしなく続く。戻ろうかどうしようか、その場で立ち尽くして水穂は逡巡する。脚はすでに痛みはじめ、息も上がっている。でも、せっかくここまできたのに。水穂は覚悟を決めて、また階段を上る。まだ四時過ぎだけれど、木々や家々の輪郭が、傾いた陽を浴びて金色に輝いている。

すっかり涼しくなったのに、境内にたどり着いたときには汗だくだった。人の気配はなく、ひっそりと静まりかえっている。紅白の龍がいる手水舎で口をゆすぎ手を洗い、水穂は本殿でお祈りをする。いい出会いがありますように。祈ってから、苦笑する。いい出会いを祈ってる四十半ばの女なんていないんだろうな。そうは思いつつも、源頼朝と北条政子が愛を語ったという腰掛石もついでに拝み、水穂は本殿に背を向ける。そのとき、眼下に広がる海にはじめて気づき、「わあ」と声を上げた。波のない静かな海が、金粉をまとったように輝きながら広がっている。気持ちがしんと静かになっていく。ここまで上がってきてよかったと水穂は思う。ここからの海を、見ることができてよかった。

階段を上ってくる男性が目に入る。彼も汗だくである。目が合い、なんとなく笑顔で会釈してすれ違う。

宿の本館から、温泉までは長い階段を下っていく。元々の山のかたちを変えずに生かしたのだろう、階段は曲がりくねり、途中、楠の大木が壁と屋根を突っ切るように堂々たる幹をむき出しにしている。温泉を出た水穂はそのまま部屋に戻らず、海と向き合うようにせり出した屋外のテラスで休憩し、眼下を見やる。海は、淡い青に染まっている。

「あ」という声のした方を見やると、さっき神社ですれ違った男性が、浴衣姿で立っている。「どうも」と会釈され、「ここにお泊まりだったんですね」と水穂も笑顔を見せる。連れがいるのか、ひとりなのかととっさに考えるが、さすがに訊くわけにもいかない。

「伊豆山神社までの階段、すごかったですね」男性が言い、

「どこから上ったんですか？　国道からですか」水穂は訊いた。

「いや、一番下の、走り湯から」男性が笑い、水穂も思わず笑った。「知ってますか、伊豆山神社と箱根神社をお詣りすると願いが叶うって。鎌倉時代に源頼朝が二

所詣のならわしをつくったとかで」

「えっ、そうなんですか、なんだか縁起のいい感じがしますね」

なんだかもっと話したくなるが、そろそろ夕飯ですねという彼の言葉に促されるように、水穂はソファから立ち上がる。離れに向かう水穂は、上階にいく男性と階段の途中で別れた。どうやら彼もひとり旅らしい。

水穂が離婚したのは十一年前だ。三十代の半ばで、とにかく仕事がおもしろかった。やればやるほど成果が目に見えてわかった。レコード会社勤務の水穂は新しいレーベルを任され、北欧のロック音楽を紹介し、みごとヒットさせた。フリーの編曲家の夫は、そのころ仕事が減りはじめたようだったので、なおのことがんばった。いざとなれば私が養うという気概すらあった。だから、「ぼくがしたかったのは結婚で、男友だちとのルームシェアじゃない」と、離婚届を突きつけられたときは、頰をはられたような気がした。

そのことを、十年も引きずるとは思わなかった。人として失格と言われたような気がして、仕事をセーブするようになった。男性とも幾度か交際をしたけれど、いつもどこかで距離を置いた。最近、ようやく吹っ切れた。映画関係の仕事に就いた高校時代の友人が、今や監督になっていて、九州の映画祭で作品賞を受賞したとたまた新聞で知った。自分でもおかしくなるほど、うれしかった。高校時代からずっと、彼女は映画関係の仕事をしたいと言っていた。そのまっすぐさが健在なのが、うれしかった。そして思った。私たちは、やりたいと思ったことをなんでもできる世代だ。がんばれば、性別に関係なくその成果をちゃんと得られる。まわりを見ればみんなそうだ。もう成人する子を持つ母親もいる。仕事一筋の女性も。趣味に生きる女性も。みんなそれぞれ、やりたいことを精一杯やっている。私だって、そうだ。家庭人になれないならなくていい。恋愛をしたいなら、今だってはじめられるし、したくないなら、しなくたっていい。じゃあ今、何がしたいのかと自分に問うと、仕事だった。今までセーブしていたぶん、がんがんに仕事をしたい。

そんなふうに思った水穂は、「出世部屋」のことを思い出した。事業主のあいだでそう呼ばれる部屋を持つ旅館の話を、仕事相手の音楽プロデューサーに聞いたことがある。水穂はなんだか勢いづいて、その旅館を、部屋を指定し予約したのだった。出世したいというよりも、やる気に活を入れるつもりだった。

夕食を終え、季節の梅酒がサービスされているというライブラリーへ向かう。浴衣姿の家族連れが一組、ソファでくつろいでいる。海に面した窓際に立つ背中を見て、あ、と水穂は思う。さっきの男性だ。グラスに入った梅酒を受け取り、「どうも」その背中に水穂は声をかける。振り返った男性の顔に笑みが広がる。「見てください、月の光がすごいんです」

隣に立って、窓の外の海に目をこらすと、銀の月が、海にうつってきらめく帯になっている。本当ですねと水穂は言って、しばらくその光に見とれる。帯をたどれば月に触れられそうだ。

「箱根神社、いつかいきますか」男性が、たのしそうに訊く。

「いきますよ、もちろん」水穂は答え、そこでまた会ったりして、と胸のうちでつぶやいて、笑う。

あなたはあなたの道を

夕食を終えて、夫の敦史とともにレストランを出る。デザートを食べ終えたとたん船を漕ぎ出した娘の千帆は、敦史に抱っこされて眠っている。プールへと続く、すり鉢状の芝生に立って夜空を見上げる。広大な夜空が大小の星で埋め尽くされている。「すごい星」敦史と声が重なり、顔を見合わせて笑う。

「千帆にも見せたいけど、起こすのはかわいそうだな」

「明日もあるわよ、だいじょうぶ」夜空を見上げたまままいずみは言って、ああ、母にも見せたい、と思う。

母親の三周忌が終わったばかりだった。母が亡くなってからすっかり元気のない父親にかわって、お寺との連絡や法事の段取り、親戚とのやりとりをひとり娘のいずみがぜんぶやった。今回の旅行は、そんないずみをねぎらって、父親がプレゼントしてくれたものだった。三周忌を終えても、まだ母親がいないことが信じられない。うつくしい景色を見れば母に見せたいと思い、おいしいものを食べれば母に食べさせたいと今でもいずみは思う。

「ママ、お魚、どこ?」ベッドにおろすと、千帆は寝ぼけてそんなことを言い、

「お魚は明日見ような、明日は牛にも乗るんだぞ」敦史が話しかけると、もう寝息を立てている。

ベッドに潜りこむと、驚くほどの静寂である。千帆の寝息がいびきほども大きく感じる。

いずみが敦史と結婚したのは四年前、四十一歳のとき、千帆が生まれたのが三年前だ。友人たちのうち、早い人は二十代半ばで結婚している。結婚をしないという選択をして、ばりばり働く友人もいる。三十代のときはそんな友人たちを見ていて、悩んだり焦ったりした。仕事は派遣社員で、正社員になるつもりもなく、交際する相手も長くいなかった。私ってだめだなあ、といつも思っていた。みんな早々と自分の人生を見つけ、舵取りをしているのに、私だけぼんやりと流されているみたい。心配してくれるのか、男性を紹介してくれる友人もいたけれど、乗り気になれず、いつも曖昧にごまかしているうち、立ち消えになった。そんな自分に、友人たちもいらいらしているのがいずみにもわかった。ねえ、いずみって何がやりたいの？　そのままでいいの？

敦史と知り合ったのは六年前、三十九歳のときだ。二つ年下の敦史もいずみに劣らずマイペースで、交際がはじまって一年たっても二年近くたとうとしても、結婚の話をしそうもなかった。

そんなことを思い出していたいずみは、そっくりの寝相で眠る敦史と千帆を見て、自分も目を閉じる。

翌日の午前中、この島の名物だという水牛散歩に参加した。水牛が引く車に乗って、集落を一巡りするのである。数人の観光客たちとともに、いずみと敦史、千帆は水牛車に乗りこんだ。案内人が、水牛の名前はピー助だと説明してから出発する。千帆は目を輝かせて水牛の背中を見ている。民家や飲食店が、手積みだという珊瑚の塀に囲まれている。塀のあいだの細い道を、水牛は器用に歩く。塀の角にさしかかっても、ずいぶんと長い車のどこもぶつけずに、水牛はうまいこと曲がる。「ピー助、すごい」千帆が感心したように言う。「すごいな、うん」敦史も子どものような顔で言う。

ゆっくりでいいのよ、と言う母の声をいずみは思い出す。悩み、焦る三十代のいずみを、母はけっして急かさなかった。いつ結婚するの、とも、だれそれのお子さんはもう何歳よ、なんてことも、言わなかった。

赤ちゃんのときからいずみはゆっくりさんだもの。人に合わせて急ぎ足になると転ぶわよ。あなたのペースで、ゆっくりゆっくりいけばいいの。

母の病気が判明して、いずみははじめて急いだ。敦史に結婚する気があるかないか訊き、あるとわかるや自分からプロポーズして、式場を決め、その準備をした。

急がないでいいのよと、母の声が耳元でするたび、いずみは胸の内でつぶやいた。急がないとだめなの。間に合わないといけないの。そうして、母は結婚式に参加することができたのだった。それればかりか、宣告より一年も長く生きて、母は、生まれたばかりの千帆をその腕に抱くこともしたのである。のんびり屋の娘を、待っていてくれたのに違いない。もっともそのとき、痛み止めの薬で判断力も認識力もなかった母は、千帆をいずみと勘違いしているようだった。千帆を抱いて言った。私の赤ちゃん、やっと生まれてきたのね。会えてうれしいわ。やっと会えたのね。

朝食をすませたあと、敦史といずみは千帆を連れて散歩をした。宿に続く未舗装の道は、「東のほう」を意味するアイヤル道と呼ばれ、蝶が多く飛ぶのだと、宿のスタッフに聞いた。歩きはじめてすぐ、音もなくはためく蝶がいた。ちょうちょ、ちょうちょ。幼い声で言って、千帆は蝶を追いかけていく。青地に黒の輪郭の蝶、真っ黒な蝶、左右に生い茂る緑を彩るようにいろんな蝶があらわれては消える。

「この前、高校時代の友だちからメールがきたの。彼女の子ども、もう二十歳なんですって」いずみは笑う。同い年の母親なのに、千帆はまだ三歳だ。千帆が二十歳になるころにはもう六十歳を超えている。

「ずいぶんおっきな子どもがいるんだなあ」感心したように敦史が言う。

「それがふつうよ、私が遅いの。とくべつ遅いのよ」

「じっくり吟味して選んだからぼくたちは会えたんだし、千帆にも会えたんだから、いいことだ」敦史がまじめに言うので、いずみは笑ってしまう。

先を歩いていた千帆がふと立ち止まり、手を振っている。空に向かって飛んでいく蝶に手を振っているのだろうけれど、いずみの目には、千帆に手を振り返し、背を向け、まっすぐ歩いていく母の背中が見えた。

彼女の「ほんもの」

「まさか本当にくるなんて」

夜を映す巨大な窓のわきの席で、もう何度も言ったことを美南はくり返し、あらためて三人を見る。高校生のときとちっとも変わらない、なんてほかの人が聞いたら笑うだろうけれど、でも、美南の目には本当に何も変わらずに見える。二十歳の子どもがいる志織も、彼氏募集中らしい水穂も、三年前に子どもを産んだいずみも。

「それ、もう何度目?」「っていうか、準備とか平気なの」「ダーリンは今はどこにいるの」いっぺんに話し出すところも。

シャンパンが運ばれてきて、みんな口を閉ざす。従業員が去ると、「乾杯しよう」水穂が言い、「結婚、おめでとう!」三人は口をそろえる。

「やだもう、やめてよ」美南は照れて、シャンパンを一気に半分ほど飲んでしまう。

「でも、すごい、美南。映画で賞はもらうわ、結婚するわ」

「ほしいものはぜんぶ手に入ったって感じ?」

「相手は有名人だし。なんだか違う世界の人みたい」

「そんなことより、いずみはだんなさんにお子さん預けてきたの? 水穂、彼氏できた?」

みんなの冷やかしの言葉を無視して、美南は身を乗り出して訊く。うわー、いやなこと訊くー、と水穂は両手で耳をふさぎ、みんなが笑い声を上げる。

おめでたいことに変わりはないのだから、冷やかしもお祝いもありがたく受け止めるけれど、でも美南にとって、そんなに華やかなことではなかった。大学時代から映画サークルに入り、卒業後に有名監督の見習いになった。助監督の序列で言うフォースのさらに下、フィフスで、バブルと呼ばれる時期とは無縁の、過酷な肉体労働の日々だった。チーフになったのは三十代の半ば過ぎだ。気がつけば、助監督から監督を目指す正統派なんて少なくなっていて、年若いテレビ制作会社や演劇関係者が話題作を作っていたし、学生の自主映画がヒットする、なんてこともあった。あのころの自分は最悪だった、と美南は思っている。環境が、ではない、自分が、だ。他人を妬んでうらやんで、それでも足りなくて見下した。にせものばかり、と軽蔑した。しあわせそうな志織や、仕事の順調な水穂に連絡できなくなった。いずみのマイペースさも、それとはべつに腹立たしかった。バブルも無縁だったけれど、不景気も美南には無縁だった。未婚女性がマンションを買ったり、若い女の子がブランド品を買ったりしている時代のどこが不景気なんだか、さっぱりわからなかった。何も持っていないのは自分だけに思えた。

美南ちゃん、ちょっとかっこわるいかも。飲んで絡んだとき、笑いながら言ったのはそのとき交際していた、六歳年下の俳優である。三十になったばかりの若造に何がわかる、と美南はつっかかったけれど、でも、傷ついていた。その通りだと思ったから。

ほんものを作ろう。はじめてだれの下でもなく、自分の映画を撮ることになったとき、美南は意地のように思った。バブルやブランドといったにせもののきらびやかさじゃなくて、はじけることも古びることもないほんものを、と。ほんものが何か、未だにわかっていないけれど、三作目の映画が賞をもらって、ようやく映画監督として少しは認められるようになったと美南は思っている。かつての若手俳優は、個性派俳優になって、そうして明日、美南と結婚式を挙げる。年齢も年齢だし、だれも呼ばず二人だけで記念に挙式するつもりだった。たまたま連絡のあった水穂にその話をしたら、同級生が三人、参列すると言い出した。

「明日の教会ってどういうところなの」鍋を準備する従業員の手元を眺めて、志織が訊く。

「うんとちいさいの。でも石でできていてね、晴れたら、光がものすごくきれいなの。ドレス着るの恥ずかしいけど、とりあえず記念にやっておこうって話になって」

「そうよ、やっておいたほうがいいわよ」「ドレスに歳なんか関係ないのよ」「教会なんて、高校のとき以来」「見て！　鴨、鴨」皿にうつくしく盛られた鴨肉にちいさく歓声が上がる。あんまりにも変わらなくて、美南は笑ってしまう。うれしくなって、言う。

「ねえねえ、食べ終わったら、うんと厚着して星を見にいこうよ、すっごくきれいだよ」

「いやだ、そんなの。寒いの苦手」水穂がすかさず言い、「私、見たいかも」いずみが言う。「じゃ水穂は置いてくよ。三人でいこう」「えっ、私も遠慮したい……かな……」志織までが言い出し、「ちょっと何それ」美南は呆れて言いながら鴨を口に運び、「何これ、本当においしいっ」思わず叫ぶ。三人はいっせいに笑い出す。「美南、ちっとも変わらない」「賞もらったのに」「監督なのに」「お嫁さんになるのに」口々に言い、また、笑う。美南も笑う。天井まである巨大な窓ガラスに、四人が映っている。

ほんもの。ずっとこだわってきたもの。その正体が未だつかめず、いつも美南はもがくような気持ちだった。でも、ほんものは、とてもさりげなく、いつも近くにあるものなのかもしれない。おいしいごはん。空を映す池の水。星のきらめく夜空。

夕暮れの木立。友だちとちっぽけなことで笑い合う時間。色あせることなく、消えることなく、ずっと心にとどまるもの。

「あー、明日泣いちゃうかもなー」天井を見上げて志織が言う。「泣こう泣こう」水穂がうなずく。

美南は明日の式を思い浮かべようとする。けれど思い浮かんだのは、ドレス姿の自分でも、タキシード姿の婚約者でもなく、学校内のチャペルの、木のベンチに並んで座る制服姿の自分たちだった。生きていくことの、苦労も醍醐味も、ちっとも知らない女の子たち。

「思えば遠くへきたもんだ」思わず言葉が漏れる。

「何言ってんの、軽井沢なんて近い近い」水穂が言う。

ほんもの。気づかないうちに、私は手に入れていたんだなと美南は静かに気づく。

さいごに咲く花

そのときわたしははっきりと見た。母の母、わたしにとっては祖母の頭に、それは大きな牡丹が咲いているのを。あんまりはっきり見えるものだから、一瞬、祖母はそういう髪飾りをしているのかと思った。でも、髪飾りにしては、その牡丹は大きすぎたし、あざやかさもあでやかさも、作りものめいてはいないのだった。

病室の入り口に立った私に気づくと、祖母はにっこりとほほえみ、きてくれたの、ありがとう、と言って手招きをした。祖母が笑うと、頭の牡丹は朝露に濡れたみたいにちらちらと光った。わたしは祖母のベッドに近寄り、そのみごとな花を見つめながら、具合はどう、と訊いた。ええ、今日はずいぶんいいわ。学校はどうだった？　祖母に近づくと、あまやかな花のにおいまでもがした。

夕方になってから病院にきた父と母と、夜、自動車に乗って帰った。暗い車のなかで、助手席に座る母にわたしは話しかけた。「ねえ、おばあちゃんの頭に、花が咲いていたの、見た？」あんなにくっきり見えるのだから、だれにでも見えているはずだった。なのに母は、「花？」と、怪訝な顔をしてふりかえる。うん、花。どんな花？　母は真顔でわたしを見据える。「牡丹、だと思う。真っ赤で、花びらがたくさんあって、花芯が黄色くて、わあっと華やかな感じの」母には見えなかったのか、と思いながら、わたしは見たままを説明した。すると母は前に向きなおり、両手で顔を覆って泣きはじめた。赤信号で車をとめた父は、何も言わず、左手で母の背をさすった。

家に着き、母が最初に車を降りた。ガレージに車を入れる父に「悪いこと言ったのかな、わたし」と訊いてみた。「そんなことないさ、かあさんはよろこんでいると思うよ」と、父は言った。

祖母が亡くなったのは次の月だった。火葬場の煙突から流れる、雲のような煙を見上げ、隣に立つ母は言った。「本当に牡丹みたいな人だったのよ、華やかで、きっぱりしていて。しかも、ピンクや白じゃなくて、真っ赤な牡丹。そういう人だったの。あんたには見えたのね。うれしかった」

「どうしてうれしかったの」わたしは訊いた。

「わたしのおかあさんはいのちの最後まで、牡丹の花を咲かせていたんだなってわかったから」

母は煙の行方を目で追いながら、静かに言った。もう泣いてはいなくて、口元に笑みが浮かんでいた。

それ以来、だれかの頭に咲いた花なんて見たことはなくて、成長するにつれ、あれは幻だったのかもしれないと思うようになった。あのときわたしは十二歳だった。

そんな幻を、まだ見てしまう年齢ではある。

ところが二十代半ば過ぎ、わたしはふたたび、頭に咲く花を見ることになる。勤めていた会社の先輩が入院したので、同期の数人とお見舞いにいったときのことだ。いちばん奥のベッドに寝ていた先輩の頭に、可憐な雛菊が一輪、ちょこんと咲いているのである。あ、と思った。

先輩は、わたしが新入社員だったときの指導社員だった。仕事面では厳しかったけれど、ときどき飲みに誘ってくれた。連れていってくれるのはたいがい和食の静かな店で、わたしたちはいつもカウンターに並んで座った。すいすいと水のようにお酒を飲むのに、酔っても先輩はかわらなかった。愚痴ることも悪口を言うこともなく、静かに話し、静かに笑った。先輩は自分のことはあまりしゃべらなかった。ほかの社員もわたしも、彼女がひとりで暮らしていることは知っていたが、恋人がいるのかどうかは知らなかった。けれど彼女はいつだって満ち足りて見えた。ほしいものはみんな、すでに持っているように見えた。

二十歳年上のもの静かな女性に、わたしはひそかに憧れていた。その姿勢のまっすぐさに。けっして誇示されない強さに。ときおり見える、かわいらしさに。

そうして今、彼女の頭には雛菊。わたしたちは彼女のベッドを取りまいて、会社の話やそれぞれの近況をおもしろおかしく話し、退院したら飲み会をしましょうと約束して、帰った。みんなと別れてから、地下鉄のなかでわたしは泣いた。飲み会が開催されることはないのだろうとうっすらとわかった。

けれどどこかで安心もしていた。彼女の頭の雛菊は、お酒を飲むときの彼女みたいにまっすぐ茎をのばし、真っ白なその花は、誇らしげに咲いていたから。

だれも彼も、男も女も、どんな人も、ひとつ、その人の花を持っている。わたしがそう確信したのは、四十歳を過ぎてからだ。いろんな人を見送ってきた。先輩も、父も、母も、高校時代の恩師も、職場の上司も、同い年だった友人のひとりですら、もう二度と会うことのかなわないところにいってしまった。

どういうわけだか、わたしには、いのちのさなかにある人の花を見ることはできない。事故で突然いなくなってしまう人の花もまた、見えない。けれど長かろうが短かろうが、その人がその人のいのちの最後にたどり着いたころにだけ、花はありありと見えるのだ。しおれている花はひとつもなくて、みな、今を盛りとばかりに咲き誇っている。

最初はかなしかった。花が見えることに心底嫌気がさしたこともある。だってわかってしまうのだから。その人が今、遠くへ旅立とうとしていることが。

けれどわたしも歳を重ね、早くに亡くなった先輩社員の年齢を追い越してしまうころには、もうだれに花が見えても泣くことはなくなった。花を見てしまうことにとまどうことも、そのことの残酷さに打ちのめされることもなくなった。この世を去る人の頭上には例外なく花が見え、そしてその花は例外なく咲き誇っているのだ。

わたしはずっと、人生にはピークがあって、加齢とともに坂を下っていくものだとばかり思っていた。けれど最近では思うのだ。生きていくことは、ゆっくりゆっくり、自分の花を咲かせていくことなのではないか。ピークも下りもない、私たちはその花のいちばんうつくしいときに向かって歩いているのではないか。そうしていのちの最後に、わたしたちはだれもが自分の花を、存分に咲かし切るのだ。

三十代でわたしは結婚し、娘と息子がひとりずついる。もうじき彼らもわたしたちの家から巣立っていく。わたしは花のことを家族に話したことはない。子どもたちも、夫も、ひとつずつ花を持っている。どんな花なのか、今はまだわからない。

あと十年後か、二十年後か、あるいは一年後か、わたしの頭にも花が咲くときがくる。それを見るのはこわくはない。いったいどんな花なのか、見てみたい気持ちのほうがまさる。そのとき花がみごとに咲き誇るように、いちばんうつくしくあるように、わたしは今日も一日を過ごす。平凡で退屈ななんでもない一日を、せいいっぱいに生きる。

最後のキス

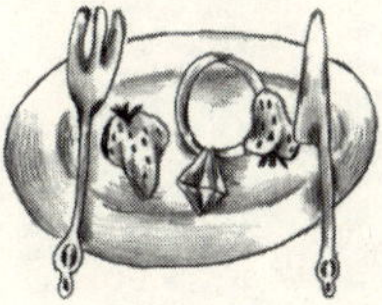

必死だった。

メニュウを見ても何がなんだかさっぱりわからないこと。高いスツールにどう座ればかっこよく見えるのか考えていること。財布の中身が足りるかどうか不安なこと。何より、バーという場所に入ったのがはじめてであること。そんなぜんぶを、悟られてはならないと圭二は必死だった。

隣に座る恭子は、ずらりとカタカナの書かれたドリンクメニュウを眺めながら、「なんか暗くて見えづらいね」とつぶやく。それが聞こえたらしく、カウンターの向こうでグラスを磨いていたバーテンダーが、さりげない動作でキャンドルを恭子の前に移す。ありがとうございますと恭子は律儀に頭を下げているが、ここで話す会話はみんな間抜けなのだろうかと圭二はさらにどぎまぎする。

「ねえ、おもしろい、キス・ミー・クイックだって。ラスト・キスってのもある。キス、多いんだね。私が飲んだことあるのは、これだけだ」独り言のようにつぶやいて、恭子は顔を上げ「カルア・ミルクお願いします」とバーテンダーに告げる。

「じゃ、おれもそれ」圭二は慣れたふうを装って言った。そのナントカミルクが何か知らないが、恭子が飲んだことがあるのなら安心だった。

目の前に置かれたそのカクテルを一口飲んで、「何これ、コーヒー牛乳？」思わず圭二は言い、言ったそばから失敗したと頭を抱えたくなる。知っているふうに注文したのに、これでは飲んだことがないのがばればれだ。そしてこれは、たぶん女の子向きのカクテルだ。

「飲みやすいけどアルコール度数が強いから、たくさん飲むと危ないんだって」恭子は言う。今度はまたべつの理由で圭二は頭を抱えたくなる。それ、たくさん飲むと危ないって、だれに言われたんだ。一週間前なら、思ったそのままを口に出していただろう。でも今日は圭二は何も言わず、頭も抱えず、煙草に火をつけた。のど元までせり上がる疑問を、煙とともにのみこむ。思ったことそのまま言うの、子どもみたいと恭子に言われたのだった。

「あのね、話っていうのは」圭二の吐いた煙の行方を目で追いながら、恭子が口を開く。

「いいよ、無理に言わないでも」圭二は恭子に笑いかける。だいじょうぶ、引きつった顔にはなっていないはず。「言いたいこと、わかるから。それでおれ、いいから」

恭子は何も言わず、グラスを両手で挟み、一口飲む。そして圭二を見ずに、ごめん、と言った。

しばらく黙ってグラスを傾け合う。圭二は目だけ動かして店内の様子をさぐる。カウンターの左奥に男性客がひとり、圭二のいすを空けた右隣にカップルがいる。どちらも、圭二たちよりずっと大人だ。圭二は煙草をもみ消し、けれどとたんに手持ちぶさたになって、新たな一本をくわえる。ライターの火が思いの外大きくて、「おわっ」とちいさく叫んで顔を後ろにそらす。大人の客とバーテンダーに笑われた気がして彼らを盗み見る。だれも圭二のことなど見ていない。

「じゃあ、私、帰るよ」一杯を飲み干した後、恭子は立ち上がる。財布を出そうとしているので、

「いい、おれ、払っとく」圭二は言った。最後だし、と胸の内でつけ加える。今までありがとう、と言って去っていく、たった今「元」恋人になった女の子の背を見たいのをぐっとこらえる。今から、ほかの男の恋人になる女の子を、見送ったりするもんか。

圭二は集中してメニュウを読む。焼き鳥屋やチェーン店の居酒屋では見たことのない横文字のオンパレード。ソルティドッグ。ブラッディ・メアリ。おれ、だいじょうぶかな。みっともなくなかったかな。わりと大人なんだなって思ってもらえたかな。サイドカー。あと十年後、二十年後に学生時代の恋人を思い出すとき、恭子

が思い出すのはみっともないおれじゃなくて、今日の、大人びたおれであってくれるかな。喧嘩したときじゃなくて、手をとりあって笑ったときであってくれるかな。エンジェル・キス。キス・イン・ザ・ダーク。

おかわり何かお作りしますか。バーテンダーに訊かれ、泣かないように歯を食いしばってから、圭二はオーダーする。さも、よく知っているかのように。いつも飲んでいるかのように。すっかり大人であるかのように。

「ラスト・キス頼みます」

幼い恋

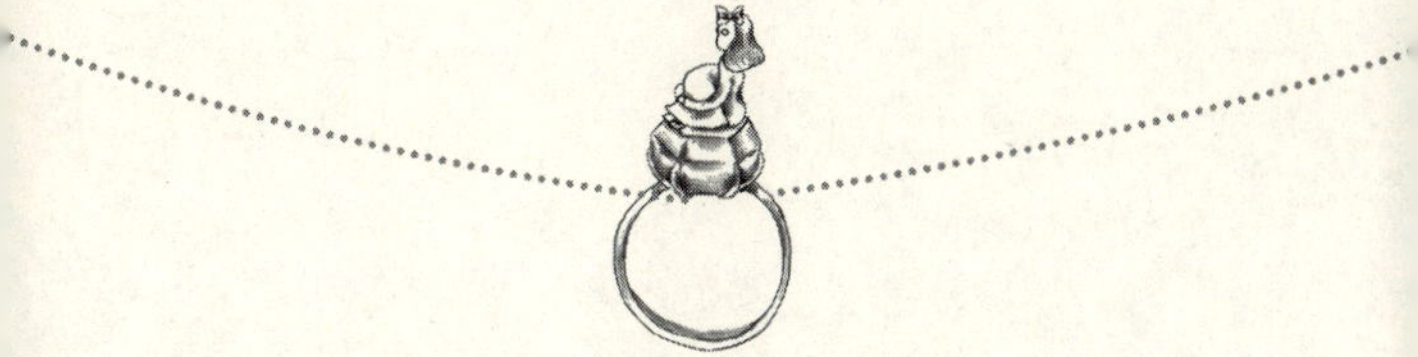

　結婚式場の下見をしたあと居酒屋で食事をし、式場を見た軽い興奮のせいか、もう少し飲んでいこうと信太郎が言い、恭子も同意した。あれ、このバー、学生のころにきたことある、と店に入って三十分も過ぎてから、恭子は気づいた。そのことを思わず口にすると、

「バーで飲むなんて、ずいぶん優雅な学生だな」信太郎はからかうように言って笑う。

「ううん、きたのは一度きり。だからすぐに思い出せなかった」恭子はジン・トニックのおかわりを注文し、店内を見まわす。カウンターには男性のひとり客、カップルが二組、テーブル席は会社員らしき三人組と、自分たち。「すっごく大人っぽい店に思えて、はじめての海外旅行くらいに緊張してたんだけど、今こうして見ると、ふつうのバーだよね」

「若いときはなんでも緊張するよな。おれなんか東京きて、電車乗るのだって一年は緊張し続けてた」

　先日訪ねた信太郎の故郷は、たしかに鉄道が極端に少なかったことを恭子は思い出す。

「デートだろ」からかうように信太郎が言う。

「デートっていうか」恭子は苦笑する。

名前、なんだっけ、と考えて、ジン・トニックが運ばれてくるころに思い出す。圭二くん。その名とともになつかしさがこみあげる。圭二は、恭子がはじめてちゃんとつきあった男の子だった。語学クラスでいっしょだった圭二に告白されてつきあうようになった。恭子の住む女子寮は男子禁制だったので、私鉄沿線の町にある圭二の下宿に幾度か遊びにいった。たのしかったけれど、圭二のやきもちにはときどき辟易した。昨日だれと昼ごはん食べたの。昨日の夜だれとどこに出かけたの。その日だめって、何？　バイト？　あのころは携帯電話も持っていなくて、あまりに電話をかけてくるので、女子寮の女の子たちはそのことで恭子をからかった。

三年に進級した年、恭子に好きな人ができた。アルバイト先の若手社員で、飲みに誘われた恭子は、連れていかれた店がイタリア料理店だったから驚いた。ナイフとフォークがテーブルにずらり並ぶ店に入ったことなどなかった。

それからというもの、気づけばいつも、圭二と彼を比較していた。たった三歳上であるだけなのに、彼はずっと大人に思えた。昨日何していたかなんていちいち訊かない。だれといっしょだったかなんて訊かない。しゃれたお店もたくさん知っている。それがバーであれフランス料理店であれ、ホテルであれブティックであれ、手慣れたふうにドアを開ける。彼といると、恭子は緊張しなくてすんだ。彼自身には緊張したけれど。

電話にも出ず、デートも何度か断ったから、きっと圭二は気づいたのだろうと恭子は思う。

話があると思い切って恭子から言うと、圭二は都心の店を指定した。地図を頼りにいってみて、驚いた。路地にぽつんとあるバーだった。扉を開けるのにずいぶんと勇気が要った。

圭二はその日、何も話さなくていい、と言った。圭二以外に好きな人ができたという苦い告白を、だから恭子はしないですんだ。圭二は私が思うよりずっと大人だったのだと思った。

けれど店を出る段になって、そんなことはないと知った。煙草を挟んだ圭二の指は震えていた。緊張のせいか。あるいは泣くのをこらえていたか。逃げるように店を出た。なんて子どもだったのかと恭子は思い出す。圭二のことなんて言えない、自分だって充分に子どもだった。そして、嫉妬しないから、いろんな店を知っているから、緊張しないから、だから大人だというわけではないと、今なら恭子は知っている。

たった今思い出したそのときのことを、恭子は信太郎には言わない。あのとき隣にいた、ちいさく震えていた男の子を、だれにも言わないことで守りたかった。いや、守りたいのは自分の記憶かもしれない。

「あ、電話。ついでに煙草吸ってくる。ギムレットおかわり頼んでおいてくれる?」信太郎は携帯電話と煙草のパッケージを手に、ドアを出ていく。そうか、あのとき圭二が私の隣で煙草を吸わなかったら、彼を大人だと勘違いしたままだったろうと恭子は思う。そうじゃなくてよかったと続けて思う。煙草を挟むあの手を見なければ、幼い恋を忘れてしまっていたかもしれないから。恭子は手を挙げ、ギムレットとカルア・ミルクを注文する。

おまえじゃなきゃ
だめなんだ

そのころの私の貞操観念の欠落には、いろんな外的・内的要因があったと思う。

外的なものとしては、たとえば時代だ。具体的に実感してはいなかったけれど、世のなかは好景気に沸き、何もかもがちゃらけたような雰囲気だった。何かに一途であることは、古くさくてださいような雰囲気があった。もっとてきとうに、スマートに、クールに、たのしく気ままに、流れるように生きるほうがかっこいいと思われるような世のなかだったし、自分の考えなど持っていない私も、自然とそうした雰囲気に染まった。

その時代の特性として、ナンパも多かった。見知らぬ女性に、往来や飲食店や観光地で声をかける血気盛んな男性が、至るところに存在していたのである。

経済的にも潤っている人が大半だった。どこかの企業に就職していればもちろんのこと、アルバイトの男の子だってハイジュエリーのプレゼントをしてくれるくらいには、実入りがあった。派遣社員として働いていた私もゆたかだった。ひとり暮らしの諸経費を払っても、まだたっぷりと遊べるくらいのお給料をもらっていた。でもだれも、それを、ゆたかだ、とか、実入りがいい、とか、思わなかったのだ。あまりにも当たり前のことすぎて。

内的要因の最たるものは、社会人デビューということだろうと思う。中学・高校と女子校で、男子とはいっさい縁なく過ごし、そこから進んだ共学の大学では自意識をもてあまし、男性と交際はおろか、まともに口さえきけずに過ごした。それが、大学を出て派遣社員として働きはじめてから、急に誘いを受けるようになったのである。波川さん、ごはん食べにいかない？　映画を観にいこうよ。いいクラブがあるんだけど。異性に免疫のない若い女をからかっているのだろうと思った。どうせ派遣社員なのだから、半年か一年で会社からいなくなる。からかって、遊んでも、後腐れはないだろうと思っているのだろうと。からかわれているのに、本気で断るのなんて馬鹿みたいだから、私は誘いのすべてに軽く応じた。

だれもからかってなんかいなかった。私は人生ではじめて、もてているのだった。そう理解するのに一年以上かかった。二十歳のころと何が変わったのか、自分ではまるでわからないのに、ほんの数年後の私はもててもてて困る状態になっていたのである。合コンにもよく呼ばれるようになった。私が参加すると、男子の質が上がるのだと誘ってくれた友人たちは言ったけれど、半年後、私が参加すると、質のいい男子が持っていかれてしまうという理由で、誘われなくなった。

昔からもてていれば、その事態の対処法も心得たものだったろう。でも、私ははじめてだった。どうしていいのかわからない上、そのはじめての事態に浮かれていた。

　そうして二十代前半の私は、人を好きになるという気持ちを知らなかった。知っているつもりだったけれど、知らなかった。だれがだれより顔立ちがいいとか、背丈があるとか、服のセンスがいいとか、話がおもしろいとか、お金を惜しまずに出すとか、私が知っていたのは、そういうシンプルな比較でしかなかった。

　二十代前半から半ばすぎまで、思いを寄せてくれる男子たちによって、私は急速にいろんなものごとを学んでいった。フランス料理店とイタリア料理店の違いも、ブルゴーニュとボルドーの違いも、ドライブというものの意味も、ラブホテルとシティホテルと高級ホテルの違いも、海外旅行のしかたも、温泉旅館の楽しみかたも、大音量のなかで踊ることの爽快さも、みんな、私を誘ってくれた人たちが分け与えてくれたものだった。

　事態の対処法がわからなかったので、私は求められるたびにその人たちと寝た。食事や遊びに誘ってくれるすべての人が肉体関係を求めたわけではない。でも、幾人かはいた。そのようにするのが礼儀だと思っていたし、何もかも支払いを持ってもらっていることへの謝礼の気持ちもあった。そうして一度寝てしまうと、私は相手に執着した。その執着こそが、恋愛なのだと私は思っていた。

私が執着しはじめると、たいていの相手は逃げた。あんなに熱心に誘い、あんなに幾度もデートをし、あんなに金品をかけたというのに、それらすべてを放り出して彼らは逃げる。私は大いに傷ついたけれど、誘ってくれる人は絶えなかったので、なんでもないふりをした。運命という都合のいい言葉を持ち出して、恋ということや愛ということや好きだという気持ちがどんなものなのか、深く考えることをしなかった。

芦川さんとは、どのようにして知り合ったのかよく覚えていないのだけれど、おそらく合コンだろう。コーヒー豆を輸入販売する会社に勤めていた芦川さんと、私とはそのくらいしか接点がないのだから。はじめて会ったとき——きっとその合コンの行われたレストランで——芦川さんが驚くほどおいしいコーヒーの話をし、それをダシにデートに誘っているのだと承知した私は、ぜひ連れていって、と言い、デートの約束がなされた。

デートをしたのは晴れた日曜日だった。待ち合わせ場所は郊外の私鉄駅で、芦川さんは車でやってきた。あまり個性のない、中年の夫婦が乗っていそうな、グレイの車だった。

車道脇をずっと銀杏がふちどっていて、すべての葉がみごとな黄色だったから、秋だったはずだ。助手席から見る、雲ひとつない偽物のような青空と、青空に向かってのびる真っ黄色の木々が、本当に美しかった。

芦川さんとは、本当になんでもない話をした。小学校のときにはやった遊びとか、好きだった歌手だとか。はたからみたら馬鹿馬鹿しいのに、自分ではじつに深刻についた嘘、とか。好きだった先生の好きなところ、嫌いだった先生の嫌いだったところ、とか。

とくべつ盛り上がったわけでもない。けれどなんだかたのしかった。何がたのしいって、芦川さんと話しているとくす玉の紐を引っ張ったみたいにあれこれと忘れていたことが降ってくることだった。その色鮮やかさに目を見張りながら私は夢中で話していた。こう見られたいからこれを話して、こう見られたくないからこれを話さない、ということを、今、私はしていないな、なんて考えていた。そんなことをしていないのは、いつ以来だろう、とも。

道路標識が東京都から埼玉県に変わり、空は相変わらず高かった。私は空腹を感じはじめていて、このままコーヒーだったらいやだな、その前に食事をしたいな、と思ったまさにそのとき、

「あっ、こんなところに山田が！」と芦川さんははしゃいだ声で言った。「お昼、

そういえばまだでしたね。食べましょう！」

知り合いかだれかを見つけたのかと思ったが、車は、だだっ広い駐車場に入っていった。

都心ではないし街道沿いだし、私だって何も、ビストロやリストランテを期待していたわけではない。けれど車を降りて芦川さんが向かうのは、なんだかずいぶんとくたびれたファミリーレストラン風の店である。いいかどうかも訊かれないので、黙ってついていった。さっき芦川さんが口走った、山田、というのは店名であるらしいと、駐車場にたっている奇妙な看板を見て気づいた。かかしのような絵の下に、山田うどん、と描かれていた。

店内に入って愕然とした。

ファミリーレストランよりも、もっと簡素な店である。コの字型のカウンター席があり、右奥が座敷席になっていて、左側がテーブル席になっている。内装もテーブルや椅子も古びているが、こざっぱりと清潔ではある。けれどもまるでお洒落ではない。色気がない。情緒がない。シックでもシンプルでもマスキュリンでもない、ただの簡素。チェーンの牛丼屋のほうがまだ、なんというか、色気がある。決まった人が決まった目的で集う場所、そうだ、どこか学食なんかに似ている素っ気なさだ。

　この人、私に、ここでランチを食べろって言っている？

　席についてあらためて気づき、私は向かいの芦川さんをまじまじと見つめた。芦川さんは私の視線に気づき、「はい、メニュウ」と居酒屋のようなメニュウを笑顔で渡す。「セットがウリだけど、半端なく量が多いから気をつけてね」

　うどんと天丼。うどんとかつ丼。うどんとカレー。たしかにセットは多い。きつねうどんにちからうどん、なんだかなつかしい。ずらりとメニュウに並ぶ写真や文字を見ていると、次第にわくわくしてくるが、その値段を見て我に返る。うどんは一杯二百円から三百円台。セットって、炭水化物と炭水化物じゃあないの？　定食も、生姜焼きとかコロッケとか、なんていうか……。何パンチって。私は顔をあげて店内を見まわした。想像どおり、席に着いている多くが作業着姿の若い男だ。女なんか……いるにはいる。週刊誌を見ながら食事をする中年女性のひとり客。メニユウをじっくり見ている老婦人ひとり客。若い女も、カップルも、いない。混乱する。

　男の人に、こんな店に連れてこられたことが私は一度もなかった。食事といえばフランス料理かイタリア料理、懐石料理だったし、ランチだって、デートのときならばコース料理がふつうだった。一度、ふざけて牛丼屋にいきたいとねだって連れていってもらったことはある。でも、こんな学食みたいな店に連れていってなんて私は今日は頼んでいない。

「この店、チェーンなんだけど、ぼくが子どものころ、家の近所にあって、ものすごくよく通ったんだよ」芦川さんはメニュウを眺めて言う。「決まった?」

芦川さんはかつ丼とうどんのセットを頼んだ。私はなんだかどうでもよくなって、メニュウの文字なんてよく見ず、値段のいちばん高いうどんを頼んだ。高いといったって五百円前後だったけれど。

子どものころは親によく連れていかれたな。休みの日とか、母親がとつぜんに山田宣言をするんだよ。あー今日はもうなんにもしたくない! 山田山田! って。それでみんな、あ、うち四人きょうだいの六人家族なんだけど、みんなでぞろぞろ山田にいって。そんなふうにいき慣れた山田なのに、はじめて子どもだけで入るときはびくびくしたなあ。たしか中一のとき。でも入ってみれば、なんでもない、いつもの山田でさ、高校出るまで、放課後っていったら山田で腹ごしらえして、だべってたなあ。

注文を終えると、芦川さんは急にスイッチが入ったように思い出話をはじめた。

まったく見ず知らずの芦川さんの、いや、芦川さんでなくてもいい、ひとりの男の人の、なんてことのない、でもたいせつな過去の断片が、自然と浮かび上がってきた。外食に浮かれてふざけながら街道を歩くきょうだいたち、ふりかえって彼らを叱る両親。空いた器を前に何時間でも馬鹿話をする詰め襟の学生たち。つまらないことで落ち込み、それを忘れるために丼に口をつけてごはんを掻きこむ中学生。おそるおそる、煙草に火をつけて、店員の動きを注視して、あわててそれを消す高校生。私とは、まったく異なった時間を過ごしてきた人の、その確固とした時間の流れ。

いや、そんなことではない。見知らぬ人の時間に目をこらしている自分を叱咤するように私は気を引き締めた。

男の子が、最初のデートのときにどんな店に連れていくかで、相手に対する本気度合いがわかると、職場でも、合コン友だちも、したり顔で話していた。ファストフードや回転寿司なんかは異性とも思われていない、お好み焼き屋や焼き鳥屋といった大衆的な店も、まず、恋愛相手としては見られていないと思うべし。そういった店に私がいったことがなかったのは、私を誘う男性は、恋愛相手として私を見ているからに違いないのだ。

そしてここは、お好み焼き屋でも焼き鳥屋でもない。回転寿司のレジャー性もファストフードのヤング感もない。

この人は、私を恋愛相手として見なしていないばかりか、馬鹿にしている。見くびっている。安く見積もっている。

この結論にいき着くと、さっき甘やかに浮かんだ、だれかのたいせつな過去など霧散してしまい、ただひたすらに恥ずかしいような腹立たしいような気持ちになった。ここで帰ってしまおうかと思ったのだけれど、最寄り駅がどこだかわからない。そして、うどん専門店を謳っているくらいなのだから、もしかしたら仰天するくらいおいしいうどんなのかもしれないという期待も、あるにはあった。

驚くほどの速さでうどんが運ばれてきた。制服姿の女性は、私の母親と同世代くらいだけれど、動きがきびきびしていて若々しい。どうぞ、お待たせ、と私たちに笑いかけてテーブルを離れる。

芦川さんのセットは、どう見ても二人ぶんあった。大きな丼が二つ、なのである。私は自分のうどんを見下ろす。仰天するほどおいしいかもしれない。言い聞かせるように思いながら、箸を割る。私が食べるより先に芦川さんはうどんを食べはじめ、そしてやおら天を仰ぐように顔を上げ、

「やっぱり山田じゃなきゃだめなんだよなあ」
と、私にではなく、思わず口を突いて出た、といった風情でつぶやいて、ふと私に気づき、ナハハ、と照れたように笑って、ものすごい勢いでうどんをすすりはじめた。

私も汁を飲み、うどんをすすった。

煙草の煙のようにほわほわと、ある情景が浮かんだ。自分でも最初、それがなんだか思い出せなかった。

子どものころの、ベッドの真上の天井だと、うどんを四本くらいすすったのちに気づいた。風邪をひいて学校を休んだとき、静寂のなか、じっと眺めていた天井。絨毯敷きの部屋だったのに天井は木目で、化け猫みたいな模様が浮き出していた。

なぜそんなことを思い出しているのかはさておき、うどんは、仰天するほどおいしくはなかった。まずいわけではない。でも、ものすっごく、わざわざここに食べにきてしまうほど、おいしいものではなかった。ふつうだった。ふつうにおいしかった。

「あはは、うどんでしょ」
その感想が顔に出ていたのか、私を見て芦川さんは笑った。

「……うどんですね」

私は笑わずに言った。むっとしていた。だって、見くびられているのだ。五百円の女だと。

「やっぱりこのうどんじゃないと、なんていうか、うどん食べたって気になんないんだよなあ」

芦川さんはひとり満足そうに言って、うどんを食べ、かつ丼をがしがしと食べた。私はうどんをすすり、三分の二ほど食べておなかがいっぱいになった。食べものを残したらいけないと言われて育ってきたのだけれど、私は残すことに決めた。私を見下している芦川さんへの、ささやかな抵抗だった。

まだ食べ続けている芦川さんを放って、化粧なおしのためにトイレに立った。

カウンターを挟んだ反対には座敷席があり、さっきまでは客のいなかったそこが、満席になっていた。みんな黒い服を着ているから、葬式帰りのグループらしい。なんとなく異様な風景だと思いながらトイレに入り、用を済ませ、鏡の前で化粧をなおし、外に出る。黒い服の一団は、総じて若かった。そのころ若かった私より、まだ若いくらい。同級生か、元担任教師が亡くなったかで顔を合わせ、食事でも、ということになったのだろう。そういう状況に見合った店をみんな知らなくて、だれかの――もしかしてみんなの――学生時代のいきつけだったこの店にきたのだろう、と私は想像した。みんな、一様に困っているふうだった。ある人たちは無言でうどんをすすり、ある人たちは顔をつきあわせて馬鹿笑いしていた。ある人はひとりで漫画を読み、ある人は馬鹿笑いしている人たちを軽蔑するように冷ややかに見ていた。どのように振る舞っていいのか、まるでわからないふうだった。そんな若い人たちが、窓からさしこむ黄色っぽい光に照らされていた。その光と、てんでばらばらに置かれた器と、すり切れた畳と、彼らに対する店員の無関心が相まって、彼らはそこにいることを、困っていることを、感情と異なる態度をとっていることを、すべて、許されているみたいに見えた。ふいに泣きそうになり、そのことに驚いた私は、へんな店、と吐き捨てるように思った。へんな店。葬式帰りの客と、休憩中の労働者と、ひとり暮らしの老人が集まるなんて、へんな店。

「私、ああいうお店ははじめてだからびっくりしました」車に戻って、私は嫌みを嫌みだとわかるように、嫌みっぽく言った。「いつも、男性が連れていってくれるのは、コース料理が中心のレストランなので。ファストフード店なんかもいったことないですし。それにしても、おうどん、安いんですね」

「安いから学生のころは助かったんだよなあ。何時間いても注意されたりしないし、ほんと、なんていうか、のどかな店でねえ。いやあ、変わってなかったなあ」

芦川さんには嫌みは通じていないようだった。今まで感じたことのない屈辱を覚え、それは思いきりこの男の人を馬鹿にしてやりたいという気持ちにすり替わり、私はそれから、芦川さんの話など聞かずにしゃべり続けた。

一週間前にある男性が連れていってくれたフランス料理店の、三万円のワインの味について。数カ月前の夏休み、男女四人でいった高級温泉旅館の、それはみごとな露天風呂について、夜の懐石料理について。話しているうち、自分でも制御できないほど私は相手を見下したくなっていて、気がつけば、今まで男性からもらったいちばん高価なプレゼントのことや、連れていってもらったいちばんすばらしいホテルのことばかりか、今日着ているワンピースはものすごく高価なものなのだとか、ピアスはティファニーのダイヤ入りで、去年の誕生日に恋人でもない男性からもらったものなのだとか、そんなことまで必死で話していた。あんなうどんなんて。あんなうどん屋なんて。五百いくらが最高値なんて。はじめてのデートで、そこに連れていかれるなんて。こんなにお洒落して、新しいバッグを奮発して、それであんなところなんて。

話せば話すほど、頓珍漢になっていくのは自分でもわかって、でもやめることができなくなっていた。芦川さんは馬鹿みたいに、へええ、すごいなあ、ほうう、すごい世界だなあ、と感心して聞いていた。なかなかきちんと見下されてはくれなかった。

目的のコーヒーはどうだったのか、覚えていない。

あるいはそのとき、途中で車を降りて帰ったのかもしれない。その後芦川さんと会わなくなったから忘れてしまったのか、いい思い出ではないから意識して忘れたのか、自分でも判断がつかない。けれど、はっきりと覚えていることがある。帰るさなか——それがひとりで乗った電車だったのか、芦川さんの車だったのかも覚えていないというのに——ずっと、山田じゃなきゃだめなんだと言う芦川さんを思い出していた。そんなふうに言える何かが、私にはあるだろうかとちらりと思ったのだった。あったとしても、それがあんなうどん屋なんて、まっぴらごめんだけれど。

己の貞操観念の欠落を自覚したのは三十代に突入し数年たってからで、私には特定の恋人がおらず、このままじゃあいけない、と思ったときだった。それまでずっと恋人はいたが、果たしてそれを恋人と分類していいのか、はなはだ疑問だった。いちばん長く交際した期間は半年で、その半年だって、私は誘われればほかの男性と食事をし、ときに寝たりもしていたし、相手にも、もしかしてほかにも食事をしたりともに寝たりする女性は、大勢いたのかもしれない。

たぶん、今が瀬戸際だと私は思った。このまま、一対一でだれかと深くかかわることなくふわふわと生きていくか、それとも、そうしたことをすっぱりやめて真人間になるか、今、決めなければいけない。合コンにも、誘われることがめっきりと減っていた。ナンパする男性なんて、どんな盛り場でもめったに見なくなってもいた。

同時期に、仕事も変わった。登録していた派遣会社の時給がぐっと下がり、待遇も悪くなり、何かきなくさいにおいを感じた私はあわてて就職活動をし、転職をした。十五社ほど落ちたあげく、飲料メーカーの営業部に職を得た。気がつけば、ふわふわした暮らしの後押しをしていたような好景気は、とうに去っていて、転職できただけでもありがたい話なのだった。

男女関係というか肉体関係というか対人関係というか、ともかく、恋愛のかかわる関係において、真人間になろうとようやく決意して、そうしてつきあったはじめての人が、宗岡辰平である。友人の紹介で知り合った宗岡辰平は、私より二歳年下で、公園や校庭を設計する仕事をしていると言った。私たちは週末ごとに会ってデートをした。宗岡辰平は、かつての男の人たちのように、店にくわしいわけでも羽振りがいいわけでもなかったけれど、誠実で、やさしかった。会ってその日のうちにラブホテルにいったりせず、キスするまでに三カ月かかった。性交するまでには当然もっとかかった。その長い時間をかけて私たちはおたがいを知っていった。

なるほどこういうことが、ひとりの人と向き合うということなのかと、私は急速に学習した。ときどき苛ついたり、失望することはあった。居酒屋の会計を十円の単位まで割り勘にするところとか、そのくせ、私の部屋にきたときは、私の用意しておいたビールを飲んで平気でいる鈍さとか。飲むのが好きなくせに、酒に弱くて店でもどこでも寝てしまうところとか。めったに怒らないけれど、何かで怒ったときは陰険に一日でも二日でも口をきかないところとか。

けれどじゃあ別れるか、と考えると、それらはさほど深刻なこととも思えず、私が不機嫌だとおどおどと甘いものをプレゼントしてくれるその様子とか、園庭を整備した幼稚園の子どもたちから手紙をもらったと話しながら泣いてしまうところとか、ちょっとした小旅行のときの二人でいるたのしさなんかが上まわり、まあ、いいかと、こちらから連絡してしまう。これがつまり、「向き合う」だと知った。相手のことを知るたびに、見つめすぎず、適度に目をそらすこと。好きか嫌いか煮詰めないこと。それはだんじて不誠実なのではない。不誠実というのは、凝視したり煮詰めたりしたあげく、他人に逃げることだ。

交際が二年も過ぎると、私はひとりの人と「向き合う」ことに慣れた。今までの自分が、いかに浮ついて馬鹿気の至りだったか、実感するようになった。私はもてていたのではなく、かんたんな女だと思われていたのだなということも、ようやく理解した。かんたんなはずの女が、いきなり執着しはじめてやっかいな女になるから、みんなこわくて逃げ出したのだ、ということも。若き日におごったりプレゼントをくれた人たちの顔も、だんだん思い出さなくなっていた。きっとみんな、私と同じように年齢を重ね、お給料も前よりは減ったり、ローンを組んでいたりして、あのころのようには遊ばずに、そこそこ堅実に、地味に、生きているんだろうなあと思ったりした。

地味も、堅実も、私はよろこんで迎え入れるつもりだった。浮ついたことよりも、元来そっちのほうが私には合っている。結婚願望が強くはなかったので、焦りはしなかったけれど、四十歳までにはなんとかしたいとは思っていた。けれどこのまま順当にいけば、宗岡辰平は求婚してくるはずだった。私たちは、一対一で向かい合っているのだし、四十近くなって、今さら新しい相手もあらわれるはずはないのだから。

好景気のときの習慣はすっかり消え去っていても、求婚とか誘いとか、そういうことは男性からするべきだという古い考えは確固として私のなかにあって、だから、自分から言い出すことも催促することもなく、ただひたすら、私は待っていたのだった。宗岡辰平から何か言い出すのを。

話がある、と言われたとき、ぴんときた。今日、くるか。そうかそうか。話があると呼び出された店が、夜景のうつくしい高層階のレストランや、広い庭園に面した古民家風レストランではなくて、あ、ふうん、ファミリーレストランなんだ、へええ、と思いはしたけれど、そんなにきどるような仲でもないし、と自分に言い聞かせて宗岡辰平のあとに続いた。

結婚しようと思うんだ、と辰平は深刻な面持ちで切り出し、うんうん、いつ？と私は訊き、早いほうがいいんだけれど、二カ月後じゃないと無理なんだ、と彼は答えた。お金のこととか、仕事のスケジュールとか、そういう理由で二カ月先と言っているのだと私は思い、うん、べつにいいんじゃない、二カ月くらい、と答えた。そっか、べつにいいか。うん、いいよ。悪いな。悪いなんて、そんなそんな。いや、急にこんなことになって、本当に悪かったと思うんだ、どうあやまればいいのか、本当にわからない。いや、待たせたってこと？　はは、そんなの、いいよ、私、結婚願望とかそんなにアレだったし。

　このあたりまで、完全に私たちの話は嚙み合っていた。この後だ、何か妙な具合にねじれはじめたのは。え、という顔で私を見た辰平は、ごめん、ともう一度深く頭を下げた。

　なんだかずいぶんものわかりがいいと思ってあやぶんでたんだけど、違う、きみ、誤解してるんだ、結婚は、その、きみとじゃないんだ。と、辰平は頭を下げたまま、絞り出すように言った。

　少し前に同窓会があったでしょう。（あった、高校時代の同窓会にいくから地元に帰ると言っていた。）そのとき、ほら、離婚率が異様に高かったって話、したよね？（たしかにそれも覚えている。オチがなかったから覚えているのだ。）ＤＶで離婚したなんて、ドラマみたいな話もあったって話して、元同級生のよしみとして何かできればいいんだけど難しいよなって、おれ、言ったよね。（それは覚えていなかった。オチがなかったからちゃんと聞くのをやめたのかもしれないし、辰平が嘘をついているのかもしれない。）その子がそのＤＶ夫から離れるのをなんとか手助けしているうちに、あの。そこで辰平は口を閉ざし、その先は言われなくても想像はついた。けれど私は、「で？」と、先を催促した。

東京に呼び、シェルターに避難させ、地元の親も巻きこんでなんとか離婚が成立した。そして結婚しようということになった。

きみとはずっといっしょにいたし楽しかったんだけど、なんだかいつも、自分は無理しているような、素ではないような違和感がつねにあって、好きで、好きだかららいっしょにいたわけだけど、この先もずっといっしょにいるかどうか、ちょっとわからないようなところがあって、でも彼女は、昔から知ってるからか、いっしょにあれこれと問題を片づけているうちに、この人じゃなきゃだめなんじゃないかって思ってきて……いきなり辰平は堰を切ったように話し出し、しかも途中で（好きで、好きだからいっしょに……というところで）嗚咽をはじめ、最後は鼻水と涙で言葉が出なくなった。それを見ながら、ああ、誠実な人なんだなと私は思い、誠実な人ってこわいな、と同時に思った。

二カ月、というのは、その女性は四カ月前に離婚が成立しており、あと二カ月しないと結婚できないのだと、そんな決まりのことも私はこのとき辰平に聞いた。

ごめんなさい、ほんとごめん、ごめんじゃ足りないよね、でも、ごめんしか言えなくて、ごめん。と、ほかのお客さんに見られるのもかまわず涙と鼻水を垂らしながら言う辰平を見て、もちろん動揺していたし、この先どうしようと猛烈な不安を感じてもいたのだが、怒るような気持ちにはならなかった。怒るというよりもむしろ、納得がいったというか、ああ、過去の自分の不誠実が、今こんなかたちの誠実になって返ってきたと、そんなふうに思ったのだった。

宗岡辰平にあんなふうにふられたことで、それまでにないほど傷ついたけれど――何しろ初一対一だったのだ――、年齢における恋愛とか、未来とか、そうしたものに絶望はしなかった。むしろ、今まで自分にも他人にも無自覚に働いてきた愚行が、このようなかたちで返ってきたのだと納得してしまった時点で、プラマイゼロ、もうこの先これ以上ひどいことはないはずだから、たった一度でくじけずに、真人間として今後も邁進していこうと、かえって志気を高めたほどである。

志気を高めたといっても、三十八歳になった私に、十年前のような合コンだの紹介だのナンパだのといった機会はそうそうなく、ときたま、バツイチ合コンや、町が主催する男女イベントに、同世代の未婚友人に誘われるくらいで、だれかと出会う機会は激減してはいるのだが、かつてほど恋愛を求めているわけでもない。だれかいればいいなとは思うが、いなければいないで、まあ、いいか、見つかるまでのんびりとさがせば、といったような、のどかな気持ちである。転職した先の仕事は私にはつらいのだけれど、収入が安定しているからかもしれない。

新製品の飲料をどっさりとのせて、バンを運転し関東近郊をまわっている自分の姿など、二十代のときには想像もつかなかっただろうと、ときどき思う。飛び込みで個人商店やスーパーマーケット、病院の売店にも押しかけていって、新商品の宣伝をする。転職したばかりのころは、すげなく断られるたびに落ちこみ、のびない成績に悩み、さらなる転職をするべきかと迷ったが、このごろようやく、そうしている自分を受け入れられるようになった。天気のいい日に東京郊外を走っていて、ああ気持ちがいいと思うこともある。ひとりで菓子店を営むおばあさんが、商品は置いてくれなかったけれど、ぬか漬けとお茶を出してくれたり、米屋のおばさんが町内会のイベントで商品を配ってくれたり、そんなことがあると、生きていてよかったなあと大げさではなく、思う。

よく知らない男の子から高価なプレゼントをもらい、ひとり二万円もするコース料理をおごってもらい、ホテルのバーで一杯二千円のカクテルを飲んでいた二十代の私が今の私を見たら、どう思うのだろうと考えることもある。やっぱり地味な暮らしが合うよ、とほっとするか。それともやっぱり、なーんだガッカリ、と失望するのか。おそらく後者だろう。そしてきっと、あわてて結婚するのではないか。あんなふうにならないために、少しくらい妥協してもいいじゃないかと、ともかくあたふたと。

運転しながらそんなことを考えて、私はひとりにやつく。あのころ、好きという気持ちも本当には知らずに結婚していたら、どうなっていたのだろう。

高速道路を降りて、街道を走る。空は高く澄んでいる。黄色く染まった葉を、こぼれんばかりにつけた木々が、街道沿いにずっと並んでいる。その黄色に埋まるように、くるくるまわる看板が見える。ふと、なつかしさを覚える。え、なんで？あの看板、なんだっけ。目をこらす。

思い出すのにしばらくかかった。ずっと若かったころ、はじめてのデートで連れていかれて、激怒したうどん屋だ。それだけ思い出すと、スロットの数字が揃ってコインがはじけ出るみたいに、どんどん、どんどん、次から次へと光景があふれてきた。青い空。黄色い銀杏の葉。夢中で話した子どものころのこと。グレイの車。私の着ていたチェックのワンピース。芦川さんの笑った顔。そして、うどん。私はハンドルを切り、車をうどん屋の駐車場に入れた。

タイムスリップしたかと思うほど、あのときと同じ空気が店内に漂っている。同じ店ではないが、違いがよくわからないほど似ている。コの字のカウンター、右手に座敷、左手にテーブル席。昼食にはまだ早い十一時過ぎだが、テーブルは半分ほど埋まっている。作業着の男性グループはそれぞれ漫画を読み、男性ひとり客は無心にうどんをすすっている。初老の男性がビールを飲みながらつまみを食べ、老婦人がひとりでメニュウを眺めている。

二人がけの席に通される。メニュウを広げる。あったなあ、丼とうどんのセット。食べていたなあ、芦川さん。ラーメンも、定食もあるのか。そしてやっぱり、安い。価格破壊が起きる前から安かったんだなあ。

うどんとかつ丼のミニセットを頼む。少し悩んでから、店員を呼び止め、餃子を追加する。

餃子がまず出てくる。子ども連れの若い母親が入ってくる。「何食べよっかー」「ぼくねーラーメン」「ラーメンかー。ママはなんにしようかなー」二人でメニュウをのぞきこんでいる。子どものころからこのチェーン店にいっていたのだと、芦川さんが話していたことを思い出す。そうだ、おかあさんが、今日は山田山田！って言うのだと話してた、今日はなんにもしたくない、と。その気持ち、今ならとってもよくわかる。四人きょうだいと言っていたっけ？　たしかに六人家族なら、しかも食べ盛りの子どもがいればなおさら、この値段とこの量の店は、両親にはありがたかったことだろう。見知らぬ家族が、ぞろぞろ並んで、ふざけたり笑ったりしながら街道沿いの道を歩くのが自然と思い浮かぶ。おまちどおさま。あのときと同じように、年配の女性が料理を運んでくる。七味をふって、うどんの汁を飲み、うどんをすする。

ああ、なつかしい。

一度しか食べたことがないのに、思わず声に出しそうになる。そして、気づく。なつかしいのは、あのときの味を覚えているからではない、このなつかしさは、あれだ、母親の作ったうどんだ。

そうだ、あのとき、子ども部屋の天井が急に浮かんだのだった。あのときはそのことをよく考えもしなかったけれど、そうだそうだ、あれはうどんの思い出だったんだ。風邪をひいて熱を出したとき、母はよくうどんを作ってくれた。学校を休んで、しーんとした家のなか、ベッドで天井の化け猫を見ていると、階下から醬油のにおいが流れてくる。階段を上がる音がして、ドアが開き、お盆に器をのせた母があらわれる。ベッドで上半身を起こし、ぼんやりした頭でうどんをすすった。おいしい、とも、おいしくない、とも思わなかった。それが当たり前のことだった。

気がつくと、右目から一粒、そして左目から一粒、涙が落ちて、うどんの汁にちいさな波紋を作る。あわてて私はハンカチを取り出し、涙を拭い鼻水を拭い、かつ丼を食べる。どうしてだかわからないのに、涙は次々とこぼれる。面倒になって、私はもう拭うことをせず、ひたすらかつ丼を食べ、うどんを食べる。

山田じゃなきゃだめなんだ、と思わず口走った芦川さんの声がよみがえる。おまえじゃなきゃだめなんだ。

私は本当は、そう言われる女になりたかったのだ。ずっとずっと。おまえじゃなきゃだめなんだ。うどん屋だからって、最高値が五百円くらいだからって、なんであんなに怒ったのだろう。なんで馬鹿にされたと思ったのだろう。あんなにたのしくリラックスして話した時間を、どうしてぶちこわしたのだろう。ほかの男たちが下心を抱いてしてくれたあれやこれやを、なんであんなふうに話せたんだろう。なんで恥ずかしくなかったんだろう。

宗岡辰平の前で、どうして泣かなかったんだろう。どうして納得なんかしたのだろう。別れないと叫んだって辰平は私ではないほうを選んだのだろうが、でも、叫べばよかったかもしれない。

どうして私は選ばれなかったんだろう。どうしておまえじゃなきゃだめだと、だれも言ってくれないのだろう。だれにも言ってもらえないまま、こんな年齢になったんだろう。

うどんが。鼻水のせいで味がわからなくなり、ティッシュを取り出して鼻をかむ。うどんをすする。うどんが。こんなうどんが、「おまえじゃなきゃだめだ」と言われているのに、私は。私ときたら。

涙でぐしゃぐしゃになりながら食事する私を、だれも見ていない。さっきと同じか、それとも入れ替わったのかわからない作業服の男性たちも、老婦人も、母子連れも、新しく入ってきたらしい学生服の男の子たちも、それぞれ自分たちの時間に没頭して、だれも私のことなど見ていない。

若いときは気づかなかったのだ、私のことなんか、だれも見ていないということに。だれかと比較することなく、だれにどう思われるかなんて気にすることなく、自分のことだけにせいいっぱいかまけていればよかったのだ。どうしてわからなかったのだろう。

私はうどんの汁をぜんぶ飲み干した。ひとり泣く、若くない女を気にしない無関心と同じ、やさしい味だと思った。午後の日射しのもとに並べた、過去の馬鹿げた幾つもの失敗をぜんぶ許してくれるような、そのくらいやさしい味だと思った。そういえば、あのときも似たようなことを感じた。事態にうまく対処できない葬式帰りの子どもたちが、許されている、と。だれに？　神さま？　たぶん、そんなようなものに。

会計をしながら、畳のすり切れた座敷席を見る。よれたスーツ姿の男性客がひとり、新聞を広げて食事をしている。芦川さん？　と一瞬思い、そんなはずないか、とひとり笑って釣りを受け取る。芦川さんって、どんな人だったんだろう。私とデートをした幾人もの男の子たち、彼らに選ばれた女たち、みんなどんな人たちで、今、どこでどうしているだろう。宗岡辰平と、DVから逃げた女は、もう籍を入れたろうか。

ふだんだったら、みんな、ろくでもないやつだったし、不幸になっていればいいと思うのだけれど、このときはなぜか、みんなそれぞれの場所で、しあわせともふしあわせとも思いつかないような、そんな何気ないおだやかな日々を、だれかと懸命に過ごしていればいいなと思った。そんなふうに思っても、傷つかなかった。たぶん、私の胸にあらたな野心が生まれたからだ。おまえじゃなきゃだめなんだと言ってくれるだれかと、これから私は出会うのだ。うどんに負けるわけにはいかない。待ってろよ。そんな野心が。

好き、の先にあるもの

それぞれのウィーン

そのとき私は三十六歳で、人生において、諦め、手放していることがあった。映画を観ても小説を読んでも絵画を見ても音楽を聴いても、心をつかまれて揺さぶられる、というようなことが、久しくなくなっていた。二十代のころにそうだったような、ああした生々しい感動は、この先もう得られないんだろうなと思っていた。新しいものではなく、若いときに衝撃を受けたいくつかの小説を読み返し音楽を聴き続け、そうして老いていくのだろうなと、諦めていた。この先も続く、感動のない人生には失望したけれど、しかたのないことだった。

旅も然り。夏も終わったころにようやくとれた夏休みのいき先に、ウィーンを選んだのは、とてもいいところだとだれかから聞いたからだった。たしかにとてもいいところなのだろうと、出発前に思っていた。でもきっと、「とてもいい」以上のことはないだろうな、とも。そのへんてこりんな建物を見つけるまで。

ウィーンに着いた翌日である。地理を覚えるため、町をぐるりと一周する路面電車に乗った。興味をひかれた場所で降りて散策し、また、乗りこむ。そしてふたたび、窓の外に見入る。ある駅で降りて歩いていたら、その奇妙な建物は忽然とあらわれた。たくさんの窓は空を映し、外壁は子どもの落書きのように自在に塗られ、タイルが貼られ、おもちゃみたいな色とかたちの柱が、エントランスに建っている。

窓を見上げると、内部に飾られた観葉植物が見え、まるで、空に生えた植物みたいに見えた。私は不審に思いながら建物内に入った。美術館だった。私が今まで名を聞いたこともない芸術家の、絵画やオブジェや写真が、数多の観葉植物とともに飾られている。美術館の床はたいらではなく、ときどきくね曲がっていた。絵画を眺めながら歩くうち、私は、叫びだしそうになっていることに気づいた。自分のなかに子どもがいて、その子どもが、興奮しきったときにそうするように、両手で髪をかきむしりながら、大声で笑ってぐるぐるまわっているように感じていた。

きれい、うつくしい、かわいい、エキセントリック、自由——どんな言葉も浮かばなかった。ただ私は、いや、私のなかの子どもは、興奮しきって、歓喜に我を忘れて、叫び続けていた。この先きっと味わうことなどあきらめていた、それこそまさに感動だった。

美術館というよりも、不可思議な館を出た私は、熱に浮かされるようにふらふらと町を歩いた。ああ、そうだ、この町にきたらあれを食べようと思っていたんだ、ザッハートルテ。いちばん有名なお店で。そうだ、お茶を飲んで少し落ち着こう。ここからどうやっていけばいいのだっけ。

その有名店の場所はあらかじめ調べてあったのだけれど、美術館の興奮で判断力を失った私は、向かいから歩いてくる、日本人とおぼしき老夫婦に、吸いこまれるように近づいていった。

「あの、ザッハーってお店にいきたいのですが、どうやっていけばいいんでしょう」

子どものように私は訊いた。訊きながら、旅行者に訊いたってわかるはずないよな、と思っていたのだが、「ああ、あの有名なところね」老婦人が笑顔でうなずく。「歩くには少し遠いわ。電車に乗りましょう」老夫婦は私を導くように町を歩き、路面電車に乗った。

その老夫婦がウィーンで出会ったことを、夕食の席で知った。私たちはいちばん有名なカフェでザッハートルテを食べながら、夕食をいっしょにする約束もしたのだった。シュテファン寺院の裏手、ちいさな路地にあるこぢんまりとしたレストランに、老夫婦は連れていってくれた。昨日もここで食事をしたのだという。ワインで乾杯をしたあとに、ウィーンでの出会いを老婦人が話しはじめた。

四十数年前に、きみ子さん（というのが老婦人の名だった）は留学していた恋人を訪ねてドイツにやってきたが、彼にはほかの恋人ができていて、逃げるようにウィーンにきた。

海外旅行なんて今ほど手軽ではなかった時代に、貯金のすべてをつぎこみ、親にも借金をして、一世一代の覚悟でやってきたのに、そんなありさまだったから、もう死んでもいいと思っていた。そんな気持ちがそう見せたのか、あるいは四十数年前のウィーンは実際にそうだったのか、どこもかしこも陰影のある、暗い町だった。死ぬにはちょうどいいようにも思えた。

「でもね私、強烈な光を見てしまったの」ときみ子さんは、たった今それを見たかのように大きく目を見開いていった。夫の繁治さんは、妻の恋人だの失恋だのといった話をおだやかな笑みで聞いているから、幾度も聞いているのだろうと思いながら、光ってなんですかと私は訊いた。

「絵なの。はだかんぼうの家族がしゃがみこんでいる絵なの。そこからぱあっと光が放たれて、わけがわからないまま、私泣いてしまってね。それで気づいたの、絵を見ようと美術館に入ったってことは、本当には死にたくなんかないんだわ。こうして泣いているってことは、まだまだ生きていきたいんだわ、って。だって、生きる意志のある人にしか、感動は訪れないはずだもの」

私はきみ子さんの話を聞きながら、さっきの感覚を思い出していた。自分のなかの子どもが叫びやめないような高揚。まだまだこの先、きっと何度でもそんな瞬間はあると思ったときの、震えるほどの安堵。きみ子さんの言っている絵は、おそらくエゴン・シーレだ。学生のころ教科書で見たことがある。そんなに明るい絵ではなかったはずだ。でも、光は射したのだ。きみ子さんだけに。

レストランを営んでいるのは、きみ子さんたちと同世代とおぼしき老夫婦だった。奥さんがスープ皿を下げると、夫がシュニッツェルの皿を厨房からカウンター越しに渡している。薄いシュニッツェルはさくさくしていてじつにおいしかった。にんにくのにおいのするポテトサラダがすばらしくおいしい。私たちはおいしい、おいしいとひとしきりおり言い合ったあと、それぞれにワインをつぎあう。

「その絵を見た美術館で繁治さんに会ったんですか」私は食事をしながら訊いた。

「私はウィーンを舞台にした小説を読んでね」今度は繁治さんが話し出す。「私が学生のころに出版されたんだ。そこにはね、ウィーンは死の町だって描写がある。それでどうしても見たくなった、その、死の町というところを。それで卒業旅行にと、思い切ってウィーンにきたんだ。ずいぶん無理をして」

「死の町なんて形容にふさわしい町だったんですか」今日の、陽にさらされて、観光客がそぞろ歩いていた明るい市街地を思い描いて私は訊いた。

「思ったほどではなかったよ。いや、ちっとも暗くなんかなくて、陽気な明るい町だったよ」と言ってから、繁治さんはワインをじっと見つめ、一口飲んで、笑う。「しかしそれもぼくの印象かもしれない。ある食堂に入って、スープを頼んだら、飲んだことがないくらいおいしかった。ちょうどこの、ポテトサラダみたいに、知ってる味なのに、もっとずっとおいしいんだ。それでお店のおかみさんに、これはどうやって作るのかと身振り手振りで訊いたんだ。だけどそのおかみさんは、英語を一言もしゃべることができない。でも、ぼくの訊いていることはわかる。一生懸命答えようとして、ぱっとお店を出ていって」繁治さんが笑うと、きみ子さんも笑った。この話も二人のあいだで幾度も交わされているのだろう。「二十分ほどたって英語を話せる人とともにあらわれた。近所の知り合いなんかじゃない、シュテファン寺院までいって観光客を連れてきてくれたんだ、わざわざ、スープの作り方を説明するためだけに」

その気持ちが本当にありがたかったから、町が、ぱっと明るく見えたのかもしれないと繁治さんは言った。地下鉄に乗っても、夜の暗い道を歩いていても、おかみさんの太陽みたいな明るさが、若い旅行者の歩く先を照らし続けていたのかもしれない、と。

二人はそれぞれの思い出話をしただけで、出会いの部分は話さなかった。繁治さんの話が終わるころには料理も食べ終えていて、デザートに何を食べるかという話に終始した。

そのときから気がつけば十年もたっている。有名なザッハートルテのカフェは未だ健在だが、あのとき老夫婦といったレストランをさがしてみたが見あたらない。このあたりなんだけれど、と私は夫とともに路地をうろつく。結局見つけることができず、私たちはべつのレストランに入って、赤ワインと、夫はグーラシュを、私はシュニッツェルを注文する。

五年前に結婚した夫とは、年に一度、夏休みを合わせて旅をしている。今年はどこにいこうと話していて、私はふと思い出した、フンデルトヴァッサーの美術館と、その旅行で会った老夫婦の話を夫にした。夫も学生時代にウィーンに立ち寄ったことがあると言った。

ヨーロッパを一周旅行している際に立ち寄ったのだという。何か印象に残ったものはある？

と私は訊いた。私にとっての美術館みたいな、老婦人にとってのシーレみたいな、老紳士にとってのおかみさんみたいな。

「ザッハートルテ」しばらく考えて夫は言った。「甘いもの、好きじゃないんだけど、ドイツで財布をすられたあとだったから、あの甘さに救われた」と真顔で言う。私は笑い、そうして今年はウィーンにいこうと話がまとまったのだった。

十年前の店とは異なるのに、やっぱり老齢の男性が調理したものを、妻らしき白髪の女性が持ってきてくれた。食事をはじめて私は首をかしげる。ポテトサラダが、あのとき食べて感激したものとそっくりに思えるのだ。私は彼女がワインをつぎ足しにきたときに、得意ではない英語を駆使して訊いてみる。十年前もこのお店はここにありましたか？

言いながら、でもそうしたら、この夫妻はもっと老けているはずだと気づく。夫が、私よりはましな英語で訊きなおしてくれるが、どうやら彼女は英語を解さないようである。私はそっと店内を見まわすが、さっきまでいた客はもういない。待ってて、と老婦人はジェスチャーで示す。だれか連れてくるから、と言っているようである。「ノー！」私はあわてて言った。「いいの、いいんです。OKです」なんだか彼女が、シュテファン寺院までいって英語を話せる観光客をさがしてくるような気がしたのである。

いいの、本当に？

という顔つきの彼女に数度うなずくと、彼女もうなずき厨房に戻る。

つがれたワインを口に含み、このポテトサラダおいしいよと夫に言おうとしたとき、ある光景があまりにも鮮やかに思い出される。

老夫婦と、カフェでザッハートルテを食べたとき、窓際の席に若い日本人が座っていなかったか。一目でバックパッカーとわかる、みすぼらしい格好と大きな荷物。とくに気に留めていなかったのだが、運ばれてきたザッハートルテを一口食べた彼が、テーブルに突っ伏すのが視界の隅に映り、ぎょっとして注視した。彼は顔を上げると、シャツの袖で顔をこすり、猛然とザッハートルテを食べはじめた。おいしすぎて泣いている人がいますよと、私は老夫婦に言えなかった。そんなふうに茶化すことができなかった。

いやいや、そんなはずはない。私よりひとつ年上の夫は、十年前はすでに大学生ではない。私の旅した時期と、彼の旅した時期はまったく違う。会っているはずがない。彼の話を聞いたから、そんな錯覚が見えてしまっただけだ。

食事を終えて、私たちはまだ明るい夜の町を歩く。町をまるくつなぐ路面電車に乗り、窓の外の景色に見入る。もしかしてあの夫婦も、実際にはウィーンで会ったのではないかもしれない、と思う。日本で出会い、互いの過去を話すうち、ウィーンが偶然にも一致した。そうして、その場で会ったような気持ちになった。私も実際、失恋した女の子がエゴン・シーレに陶然と見入るのや、日本の青年がお店のおかみさんと笑い合うのを、あの旅で見かけたように記憶している。

もしかしたら、この町はそんなふうな不思議なところなのかもしれない。時間も空間も、その境をすべて消して、いっぺんに存在させる。円を描くように町を走るこの電車が、年齢も出身地も言葉も飛びこえて、だれかのとくべつな記憶を縫いつなぐ。今食べたポテトサラダは十年前に食べたサラダで、お店の老夫婦はいっさい年をとらずにあのままあそこに居続ける。私は何度でも、シーレと対面する女の子と卒業旅行の男の子と、ザッハートルテに泣く若者と、そして老夫婦に会い続ける。一年後も、十年後も、幾つもの人生がこの町で交差し続ける。

すれ違う人

空港のロビーで見かけて、あ、日美子先輩、とすぐにわかって、私はすれ違ったばかりの人を追いかけた。数歩で追いついて肩を叩《たた》き、「先輩、日美子さん」と呼ぶ。振り返った彼女はたしかに日美子さんなのに、怪訝《けげん》な顔で私を見ている。「私、木之倉です、木之倉こずえです」名乗るとようやく日美子さんの顔から怪訝が消えて、けれどどことなく戸惑った顔で「ああ、びっくりした、木之倉さん」と言う。

「すごいひさしぶりですね、でもそうだ、前ものすごい偶然で会ったんですよね。どこかへ出発ですか、それとも、到着したばかりですか」向かい合って言うと、なつかしさが猛烈な勢いで体じゅうを満たしていくのを感じた。「もし時間に余裕あるなら、ちょっとお茶でもしませんか」、私はちょっと休暇で出雲大社にいくんです、なんか縁結び系のパワースポットらしくって、でも早く着き過ぎちゃって何か食べようかなと思ってたところなんですと続けようとして、私は黙った。日美子先輩の顔から怪訝は消えたものの、戸惑いがどんどん広がっていくのに気づいたのである。

「いや、私、ちょっと」と片手を顔の前に出して振るその仕草《しぐさ》は、まるで、宗教の勧誘を断っているみたいだ。「そんなに時間の余裕はないっていうか。そう、木之倉さん、ひさしぶりねえ。今、何なさっているの」

へっ、という気分になる。へっ、この人私の知ってる日美子さんだっけ。

「え、今、今ってあれですよ、前と同じ会社で事務やってますよ、日美子先輩は？犬の？」

「まあ、いろいろと。それじゃ、あの、ちょっと急ぐんで」

そうか、時間がないのだとようやく気づき、「ごめんなさい、急いでいるのに。また今度連絡しまーす」私は頭を下げた。日美子さんは片手を上げると小走りに人混みのなかにまぎれていく。

うどん屋でカレーうどんを半ばほどまで食べたとき、唐突に思い出した。学生時代、私は日美子先輩がとても苦手だった、というよりも嫌いだった、その気持ちをじつに生々しく。

大学生になった私はB級グルメサークルに入った。上京してきたばかりで友だちも知り合いもおらず、ともかく自分の居場所を確保するためだけに選んだサークルである。厳しくなくて、ちゃらつきすぎてもいなくて、いろんな学部の学生と交流があって、楽しく過ごせればいいと思っていた。実際、夏休みは全国のご当地B級グルメを訪ねる合宿があり、学園祭には大規模なB級グルメ屋台を出店し、ふだんは安いものを食べ歩くといった、気軽なサークルだった。

日美子先輩は私より二学年上で、このサークルに他校から参加していた。四年生の樫井先輩と日美子さんは交際しているという噂《うわさ》だった。

日美子さんは姐貴《あねき》然としていた。新歓コンパはほぼ彼女が仕切って、男子学生にもちゃきちゃきと命令し、料理が遅いとかサワーが薄いとか店員に意見し、男子よりもよほど飲み食いする姿は、新入生たちには印象的だった。困ったことがあればいつでも言ってと新入生たちに日美子さんは言った。同級生の何人かは、日美子さんに夢中になって、あれこれ相談していた。はじめての東京で、はじめてのひとり暮らしだった私も、心細くもありさみしくもあり、だれかに頼りたい気持ちは強かったけれど、日美子さんに、とは思わなかった。私は日美子さんのような女が苦手だった。豪快で開けっぴろげで頼もしく、女性的ではなくむしろ男性的であることをアピールする人は、どういうわけか子どものころから生理的に好きになれないのだった。日美子さんは意地悪なわけでも悪意があるわけでもなく、たんに面倒見のいい先輩というだけだったのだから、私のほうがよほどたちの悪い人間だったろう。

私が意味もない敵意を持っていることを、きっと日美子さんも感じ取っていたのだろう。たまにはサシで飲もうよ、と日美子さんに誘われたのは二年生の春休み間近、その春に卒業する日美子さんは飲料会社に就職が決まっていた。

新宿の居酒屋で、カウンターに並んで日美子さんと飲んだ。サークルでよくいくフランチャイズの店ではなくて、火にかけた鍋からできたての湯葉をすくって食べる、私にすればずいぶんと大人びた店だった。「木之倉、悩みはないの」と、ビールから焼酎に切り替えたあたりで訊《き》かれた。へらへら笑って誤魔化《ごまか》していると、「私、口かたいから安心しな。ひとりで抱えこんだらだめ」と姐貴然と言うのだった。やっぱりなと私は思った。この人はサークル内全員の悩みを聞き出して意見してやったのだろう。私だけが心を閉ざしているのだろう。卒業前に、そのたったひとりを陥落させる、というのが今日の誘いの趣旨だろう。そこまでして優越感に浸りたいのか。

悩みなんてもちろんあった。深刻なのやら、そうでもないのやら。半年前から交際をはじめた同級生が最近冷たい。女友だちとうまくいっていない。父方の祖母の言動が最近あやしいらしくて母親が参っている。お金がない。とにかくない。便秘がち。痩せないのはそのせいかも。あと二年後にやりたい仕事が見つかるかわからない。就職だってできるかわからない。――でも、そんなすべて、便秘がちであることすら、この女にはぜったい話さない。私は強く決意した。心なんか開くもんか。だれにとっても頼れる姐御になれるなんて思うなよ。意味のわからない闘争心である。しかし飲んでいるあいだじゅう、彼女は言いかたを変えては相談に乗ると言い続け、私は悩みなんて何ひとつない脳天気なふりをし続けた。私が卒業すると日美子さんと会うことはなくなった。それに比例して思い出すこともなくなった。

そして五年前、ぱったりと会ったのだ、日美子さんに、大久保のホームで。信号機の故障か何かで電車が止まり、乗ったまま待っていたが動かないのでとりあえず降りたそのとき、同じドアから乗ろうとしていたのが日美子さんだった。目が合った瞬間、あっ、と私たちは声を出した。電車、止まってますよと言うと、飲みにいこうと日美子さんが言った。学生のときと変わらないテンションだった。

日美子さんに連れていかれた韓国料理屋で、五年ぶりにカウンターに並んで酒を飲んだ。また悩みはないのかと訊かれるかなと、私も成長したのか、少々余裕を持って考えていると、いきなり日美子さんは自分のことを話し出した。

樫井先輩が卒業してすぐ彼にふられたこと、その後傷心を癒やすためだけにサークル内の男の子と関係を持ったこと、就職した会社で妻帯者に言い寄られて交際をはじめたこと、妻が会社に乗りこんできてばれ、居づらくなって会社を辞めたこと、今は派遣社員をしながらトリマーになる勉強をしていること、トリマーになりたいと思うきっかけになった現恋人に、今まさに、別れたいと言われて真っ白になった頭で帰るところだったことを、マッコリ、韓国焼酎、マッコリ、韓国焼酎と交互に飲みながら日美子さんは一気に話した。「なんで私、人の悩みはどうすればいいかすぐわかるのに、自分のことは解決できないんだろう」と漏らしたときに、日美子さんの右目から水滴が落ち、「木之倉に会えてよかった、会えなかったら私、死んでいたかもしれないから」と、真正面から真顔で言われた。私はこのとき、日美子さんを苦手で嫌いだったことをはじめて申し訳なく思った。こんなにもふつうの、こんなにも弱い、だからこそ姐御を必死に演じていた人を、なぜあんなに嫌ったのだろう。

日美子さんだいじょうぶです、日美子さんすてきだし、すぐまたすてきな人あらわれる、そいつ、トリマーって目標を日美子さんにくれるためだけにあらわれたんですよ、もうお役御免《ごめん》で退場でいいんですよ、私は必死に言いつのり、ありがとう、と日美子さんは泣き、私ももらい泣きした。朝の五時まで飲んだ。

連絡すると言い合って別れたが、日美子さんから連絡はなく、私も日美子さんを次第に忘れていった。自分のことで忙しかった。

薄い青のシャツに飛んだカレーの染みを見下ろして、今しがたの日美子さんの戸惑いの理由に気づく。私たちはそもそもそんなに親しくはなかったのだ。と、いうよりも、縁すらなかった。あの大久保の一夜、日美子さんは、知り合いならどんなに薄い関係の人でも、とにかくつかまえて同じ話をしただろう。でも私は日美子さんが私だけに心のなかを見せたと誤解して、そうして、ものすごく近しい距離にいた人と勘違いしたのだ。私はさっきのなれなれしい自分の態度を思い出し、恥ずかしくなる。あんなに近しい人ではないのである。

カレーの染みをつけたまま、空の丼を受取口に戻し、手荷物検査場に向かう。日美子さんはトリマーになったのかな。前よりは心安らぐ恋愛をしているかな。もし二十歳の彼女が、姐御然としていなければ、私たちはもっと仲よくなっていたかな。私はもっと早く心を開いて、あれこれと相談していたかな。ふいに、東京の夜を、腕を組んで歩く若い女の姿が浮かぶ。緊張と高揚を隠しながら、二人は顔を見合わせて笑い、耳打ちしながら笑い、地下へと続く階段を降りていく。日美子さんとも、ほかの友だちとも、そんな記憶はまったくないのに、まるで先週のことのようにはっきりと思い浮かぶ。若い娘たちは目配せをして、扉を開ける。そんな娘たちなど知らないのに、まるで自分の記憶のようにいとしい娘たちは、扉の向こうに消える。

不完全なわたしたち

1

マシェール二番館　中野区丸山二丁目

マシェール二番館、という、馬鹿げた名前の木造アパートに下宿先をさだめたのは、賃料と駅からの距離がちょうどよかったという理由だけで、たとえばあたしのセンスだとか、人道的平米数だとか、充分な陽光だとか、そんなものは一切合切無視された。マシェール、というのが何を指すのかあたしにはわからず、また、一番館がどこにあるのか、そんなものがあるのかどうかさえもわからなかった。それでも、マシェール二番館２０１号室、グレイのカーペットが敷き詰められた六畳間にもうしわけ程度の台所、南にベランダ、西にちいさな窓ひとつ、トイレと浴槽がいっしょになった狭いユニットバス、という空間に四月からあたしは住まなければならなかった。

四月のあたまに母親とともにマシェール二番館に向かった。がらんとした、あまり陽のささないちいさな部屋で、あたしと母親は出来合いの弁当を食べ、缶入りのお茶を飲み、明日から買いそろえなくてはならないものを言いあってはメモした。冷蔵庫。洗濯機。トースター。やかん。フライパン。トイレカバー。トイレブラシ。おふろスリッパ。おふろブラシ。品物の羅列は、ここがマシェール二番館だということも忘れさせ、あたしをわくわくさせた。これから自分で選んだ好きなものだけに囲まれて暮らしていけるのだと思った。公共料金の領収書か老眼鏡か新聞か饅頭か冷めたお茶がいつものっているばかでかいテーブルとも、しわの隙間が黒ずみはじめている色気のないソファとも、油のこびりついたやかんとも、おばあちゃんがあまりぎれでこしらえたへんな玄関マットとも関係なく。

次の日から数日、あたしと母親は毎日その、見なれないあたらしい町を歩いた。駅前にはケーキ屋があった。駅を越えてすすむと商店街があり、八百屋が異様に安くて母親は興奮していた。駅から五分ほど歩くと大きな街道に出、排気ガスを吸いながらさらにいくとディスカウントショップと格安電器屋があった。

母親とともにフロアをいったりきたりして、生活に必要なものをひとつずつ買いもとめていき、あたしはここで、ふたたび現実というものと向かい合わねばならなかった。予算と関係なく自分でえらべるものなんか何ひとつなかった。くっきり黄色いドイツ製の冷蔵庫やまるいかたちの最新式掃除機があたしはほしかったけれど、ドイツ製冷蔵庫の値段だけで、「新入生特別電化製品パック」が買えた。

新入生特別電化製品パック——げにおそろしきその一式は、重々しいグレイの冷蔵庫、黒い四角い枠のちいさなテレビ、かわいげのまったくない二槽式洗濯機、えげつない赤の掃除機、黒々した電子レンジ、ひとりの食事のみじめさをアピールするかのような炊飯器、醜悪なそれらの品々であった。しかしもちろん、その値段は予算内にきちんとおさまっており、その一式は翌日にはマシェール二番館にはこびこまれた。トイレブラシもおふろスリッパもフライパンもおなじことだった。長年のあこがれであるル・クルーゼの鍋など、あたしに買う余裕はなかった。安いものって、安っぽいわ、とあたしは小声で（これからつかうことになる東京の言葉で）抗議してみた。母親はけわしい顔であたしをのぞきこみ、高級に見える高価なものはあんたが自分で働いて買いなさい、だいたい仕送りだってばかにならないんだから云々と、逆らいようのない主張を（あたしたちの町の言葉で）まくしたて、ひとしきりまくしたてると、上機嫌で特売のゆきひら鍋やプラスチックの水切りかごを買いものかごに入れていった。母は買いものが好きなのだ。

入学式が終わり、生活用品がひととおりそろうと母は帰っていった。マシェール二番館201号室に、あたしはひとりとりのこされた。

しずかだった。あたしが動かなければ部屋のなかで物音はしなかった。遠く、雨が降るように、車のいきかう音が聞こえてきた。ときおり、隣から音が漏れてきた。テレビの音、電話の鳴り響く音、何か硬いものを床に落とす音。あたしと同じく新入生だと大家さんは言っていたが、隣に住んでいるのがどんな人だかあたしは知らなかった。

授業のオリエンテーションがはじまり、授業がはじまり、大学内の景色がすっかり落ち着いてしまっても、あたしはひとりだった。友達も恋人もできなかった。十八歳まで、つもった雪のなかなかとけないあのちいさな町で、あたしはどんなふうに友達を得て、どんなふうに人を好きになり、どんなふうに笑っていたのか、思い出せないでいた。

五時すぎに授業が終わるとあたしはまっすぐマシェール二番館に帰ってきた。ひとりだった。隣の部屋の住人は、理想的な新入生らしく、順調に友達や恋人を得ているようで、ときおり夜半に、大勢が笑う声や、男女がいちゃつく声が聞こえてきた。

マシェール二番館201号室のあたしの住処は、まとまりのない雑然とした狭い空間だった。実家から送った、本棚や勉強机、子どものころからつかっている箸や湯飲み、高校生のときから着ている衣類にまじって、まあたらしい、新入生特別電化製品パックの醜悪な品々と安っぽい台所用品が点在していた。たまにあたしは繁華街に出て、雑貨屋でちいさなかわいらしい品物を買った。コーヒーカップや写真たてやスプーンや小皿や、ちょっとした置物なんかを。自分でえらんだそれらを持ち帰って201号室のどこかに飾ると、しかしそれらはとたんに魅力をうしなって、せまい住処に猥雑さを増す代物になった。

五月は毎日かなしいくらい晴れていた。幾人かがあたしに話しかけてくれ、あたしは彼らや彼女たちと、お茶を飲んだりお昼ごはんを食べにいったりするようになった。それでも、やっぱりあたしはひとりだった。

猥雑な、まとまりのない、ごちゃごちゃしたマシェール二番館２０１号室で眠るとき、広大な宇宙空間にただひとり布団を敷いて、こそこそともぐりこんで眠るような気がした。目を閉じると、果てなく暗い宇宙空間を布団に横たわったまま漂っている気がした。あたしはちいさく歌を口ずさんだ。ちいさーいひつじーが、という子どものころの歌や、とおきしーまよりなーがれよるやしーの実、なんてどこかでおぼえた歌。歌はどれも、宇宙空間に吸いこまれて静寂を見事に強調した。

マシェール二番館のあたしの住処に、おとずれたいと言ってくれる人があらわれたのは七月の、雨の日だった。マシェールって名前、なんか強烈だな、と語学のクラスがいっしょの長崎くんは言い、でしょ、ただの木造アパートなのにね、とあたしは言い、すると、いってみたいなマシェール二番館、とうたうように彼は言った。あたしはあんまりおどろいて言葉を失い、そののちあわてて、いつでもいいよ、遊びにおいでよ、と言った。あんなところに遊びにきたいなんて言う人がこの世のなかにいるとは思わなかった。大袈裟だけれど、本当にそう思ったのだ。

その日、本当に長崎くんはあたしの住処にやってきた。あたしといっしょに学校を出、学校の近くでお茶を飲み、駅までならんで歩き、ともに人に押されながら黄色い電車にのりこんだ。雨はずっと降っており、ならんで歩くときは傘が邪魔で、彼が何を言っているのかあたしには半分もわからず、だからなんとなく笑ってうなずいていた。

駅前のケーキ屋で長崎くんはケーキを買った。ケーキなんかどうするの、と訊くと、だって手ぶらじゃ悪いでしょ、とこたえた。あたしにくれるらしかった。

マシェール二番館の201号室に、母親以外の人がはじめてやってくる。ドアを開けるとき、どんな顔をしていいんだかまったくわからなかった。うつむいてドアを開けうつむいて部屋に入った。長崎くんも、うつむいて靴を脱ぎうつむいて部屋にあがってきた。うつむいたままあたしたちは床に座り、もそもそと話をした。南のガラス戸も西の窓も、したたる雨粒で灰色だった。

自分の住処を持つのもはじめてだし、その住処に人を招くのもはじめてで、そうしてこの人も、人の住処に足を踏み入れるのははじめてなのだと、うつむいてどうでもいい話をしながらあたしは考えていた。ひとりということも、ひとりでなくなろうとすることも、何もかも、はじめてなのだと。

夜になって、ケーキも食べ尽くし、話題もなくなり、けれど、どのように切り上げていいのか、あたしはもちろん、たぶん長崎くんもわからずに、煩雑な部屋の真ん中に座ったまま、スイッチをつけたテレビにちらちら目を向けていた。

はじめてここをおとずれてくれた人に、あたしは何をしてあげたらいいのだろうとせわしなく考えた。ごはんをつくる。風呂を貸す（長崎くんの下宿には風呂はないと言っていた）。ともに寝る。いっしょに眠る。そのすべてをしても、まだ足りないようにも思われた。

長崎くんが風呂に入っているあいだに、冷蔵庫にあった材料で海老ドリアと海草サラダをつくった。風呂から出て長崎くんは突然の夕食に驚き、ビールを買ってくる、と言って部屋を飛び出していった。やめてくれととっさに叫んだが彼はすでに玄関から消えていた。長崎くんがビールを買ってくれるのなら、あたしはさらに何かしてあげなければならない。クリームコーンの缶詰を開けてコーンスープをつくったが、それでもまだ足りない気がしてあたしは焦った。

布団のなかであたしたちは抱きあって眠った。これでだいじょうぶだ、とあたしは思った。長崎くんがマシェール二番館２０１号室にケーキとビールを持ってやってきてくれたお礼にふさわしいだけのことはきっとした。

あたしたちの眠りはあさく、どちらかが目を覚ましただけでもう片方も目を覚ました。双方目を覚ますと暗闇のなかで視線をあわせて曖昧に笑った。笑うべきことは何もなかったけれど、礼儀上、笑ってみせた。そうしてまたうとうとあさい眠りに戻った。笑いあうたび、あたしは長崎くんが好きだと思ってみた。しっかりと抱きしめてみた。けれどそこはやっぱり、果てのない漆黒の宇宙空間だった。その絶望的にしずかな闇のなか、数分ごとに目覚めて顔を合わせていなければだれだかわからなくなりそうな男の子と、あたしは、布団にはさまってたよりなげにただよっていた。

2

芙蓉館　御殿場市三ノ岡

恋人は車を持っていた。彼はあたしにとってはじめての、車付きのしたしい他人であった。

あたしは免許を持っておらず、また免許を持たぬ親のもとで育ち、免許は持っているものの車を持たぬ男子とばかり交際して成長したので、バスでも電車でもタクシーでもなく、生活のなかに車がある状態なんて、それまで想像すらしたことがなかった。

夏休みに入ってすぐのデートに彼は車でやってきた。彼が車に乗ることをそれまで知らなかったので、待ち合わせのファスト・フード店の向かいに停めてある白いシビックを指さし、あれできたんだ、と恋人がなぜか照れくさそうに言ったとき、あたしはひどくおどろいて、なんだか理不尽に裏切られた気さえした。

どこかいきたいところはない？　と恋人は訊いた。あたしは無言のまま、地名や固有名詞をめまぐるしく頭のなかに羅列した。車でどこかにいくのなら車でしかいけないところにいきたいけれど、だいたいあたしは免許を持っていないんだから、車でしかいけないところがどこなのかわからない。ドリームランドも豊島園も電車とバスでいける、多摩動物園も、庭園美術館も、銀座も横浜も電車のほうが迅速だ。

「いきたいところ」はうまく思い浮かばず、彼が車でここにあらわれたこと自体に腹がたちそうだった。

　そんなあたしのあせりとは無関係に、恋人は隣で陽気に話していた。高校を卒業したときに中古の車を買ったこと。自転車で三十分離れた場所にある実家に駐車していること。本当は赤いボルボがほしかったこと。学校も車でかよいたいけれど駐車スペースがないこと。

　うっすらと埃をかぶったファスト・フード店のガラスの向こう、反対車線に停まっている遠慮がちなシビックを見ているうち、頭のなかに羅列される地名は、記憶の底に沈んだものばかりになっていた。

　たとえば相模湖ピクニックランド。小学生のとき遠足でいった。馬に乗って、うさぎをさわって、広場を走りまわって、海苔の湿ったおにぎりを食べた。三浦海岸。家族でいった最後の旅行。海で泳いで、浅瀬で父と貝を拾って、暗くさみしい水族館にみんなでいった。野毛山動物園。おばあちゃんとふたりでいった。雨の日だった。だれもいなくて、園内じゅうくさかった。おばあちゃんのうたう、調子はずれの椰子の実の歌。

　記憶の底をあさってみれば、「いきたいところ」は果てしなく浮かび上がってきた。なんだ、電車でもバスでもタクシーでも、いけないところだらけじゃないか。

小学校五年生のときにスケッチ旅行したあじさい寺なんて、電車とバスでどうやっていったらいいのかわからない。タクシーに乗りこんだって地名を知らないいんだから、幼稚園の遠足先の芋畑になんか行き着けない。けれど、恋人の車ならいける。見当をつけて、記憶をたよりに車を走らせれば、きっとその場所にたどり着く。なんだ、車なら、どこでもいけるんじゃん。車ってすごい。

芙蓉館にいきたい、と、記憶に背を押されるようにあたしは言っていた。

フヨ……それはどこ？　恋人はいぶかしげに訊く。

静岡県の……御殿場市……だと思う。住所は知らないんだけど、近くに大きな仏舎利塔がある。孔雀と猿がいる。あと、沢がある。沢と仏舎利塔の真ん中に、芙蓉館はある。

熱に浮かされるようにあたしは説明した。

ファスト・フード店の紙コップをゴミ箱に投げ捨て、あたしたちは車に乗りこんだ。夏の陽射しのせいで車のなかは気分が悪くなるほど暑く、ゴムに似た異臭があわくたちこめていた。恋人が地図を開き、静岡……御殿場……沢……とつぶやいている。足元から吹きつける冷気に顔をあて、目を閉じてあたしは芙蓉館のことを考えた。

芙蓉館は、あたしが卒業した小・中学校が所有する、夏のあいだの宿泊施設だった。夏休みがはじまると、小学校一年生から一学年ずつ順ぐりに、三泊四日で芙蓉館に泊まりこみ、遊んだり学んだり、集団行動に順応したりしなかったりするのだった。

芙蓉館の敷地は巨大で、グラウンドほどもある庭を中央に、新館、旧館、カニスバーグ・ホールが円を描くように建っている。旧館は木造で、古く、暗く、おびただしい数の幽霊が棲んでいても不思議はない一種異様な建物で、老築化したため用を成していなかった。旧館はただそこに、幽霊たちを寝起きさせたままたたずんでいるだけだった。新館には、だだっ広い食堂と、大小の教室、そして、二段ベッドがずらり並んだ空間があった。カニスバーグ・ホールはイサク寺院と見まごうような荘厳な建物だった。あたしたちはそのホールに集められ、蠟燭に光をともして礼拝をし、道徳的な白黒映画を観させられた。ホールに名の冠されたカニスバーグさんは、その学校の創立者で、もう百年も前に亡くなった欧米老女だ。カニスバーグさんの幽霊は芙蓉館の敷地一帯を漂いつづけているというのが、まことしやかに語り継がれていた。白い、ネグリジェみたいな服を身につけた銀髪の老女は、新館をさまよい二段ベッドで眠る子どもたちに息を吹きかけ、カニスバーグ・ホールで深夜蠟燭の火を揺らし、ピアノをつま弾き、旧館に棲むおびただしい数の幽霊たち相手に、熱心に布教しているのだ。

あたしは毎年夏休みの四日間、クラスメイトたちと、あたしの目には見えないカニスバーグさんの幽霊とともにそこですごした。降りしきる蟬の声のなか、木々の合間からこぼれるやわらかい陽射しをぬって走り、昼前に敷地一帯にただようカレーのにおいを嗅ぎ、必死に夜更かししてたえることのないおしゃべりをして。まさにそこがあたしのいきたい場所だった。口に出してみれば、芙蓉館のほかにいきたい場所などないと思えた。

地図ではよくわかんないけどまあいいや。いってみよう。恋人は言ってエンジンをかけ、アクセルを踏みこんだ。空は晴れていて、道路はぺかぺか光っていた。

九年間も毎年かよったというのに、あたしは未だに、あの建物がどこにあるのか知らない。学校に集まってバスに乗り、隣の席のクラスメイトとおしゃべりしたり眠りこけたりしているうち、バスは瞬間移動したみたいに、窓の外に背の高い木々ばかりを映し出す。鬱蒼と生い茂る木々の合間の、薄暗い砂利道をずっとすすむと、忽然とその宿舎はあらわれる。どの道をどうすすんだら、あそこへいけるのだろう？　この埃くさいシビックが、はたしてあの場所へたどり着けるのだろうか？

高速道路は空いていて、車はぐんぐん走る。フロントガラスに空が流れ、いつのまにか高層ビルも電飾看板もなくなって、緑にぬりこめた山ばかりが連なっている。ときおり、珍妙な名前のラブホテルが滑稽な突然さであらわれては背後に消えた。

高音のきんきん響く音楽をかけ、恋人は機嫌よく車を運転していた。教習所にかよっていたときの話をし、はじめて高速道路を走ったときの話をした。あたしは恋人の地図を抱え、うねり交わり脈打つ路線図のなかに、必死で芙蓉館を捜していた。自分でもいやになるくらいの必死さだった。

おどろいたことに、高速道路を降り、一般道路を道なりに数分も走ると、あの仏舎利塔が空にぽつんと突き出ているのが見えた。まちがいなかった。小学生や中学生のあたしが見ていたものと寸分たがわぬ仏舎利塔。「あそこよ！」あたしは叫んでいた。無人島で救助ヘリを見つけた孤独な遭難者のように。「あそこまでいけば芙蓉館にはすぐいける！　あそこを目指して走って！」深刻な顔で叫ぶあたしが何かの遊びをはじめたと思ったらしく、「よし！　これで助かりますね！　あそこを目指して走るのだ！」恋人もばかでかい声で叫び、ひとりで笑った。

巨大な門からゆるやかな坂が伸びる仏舎利塔までいくと、おもしろいように記憶はあふれ出してきた。そこを直進、そこを右折、それから左折、また直進。目玉だけ中学生に戻って、正確にあたしは指示をくりかえした。もうすぐ着く。もうすぐいける。降りしきるひぐらし。土のにおい、甘口カレーのにおい。庭でボールを蹴って遊んだときの、流れる汗の感触。蠟燭の蠟を讃美歌の楽譜に垂らして水玉ページをつくってみせたら、学年じゅうにはやってしまって、失敗した生徒がカニスバーグ・ホールで小火を起こした。あたしより背のちいさかったルナちゃんとふたり、息をころして旧館にしのびこんだ。あたしたちが遭遇したのは幽霊ではなく、抱きあう教師だった。あたしは何も知らず、何も知る必要がなく、見たいものといえばカニスバーグさんの幽霊だけ、ほしいものといえばスイカ割りのあと給付されるスイカもう一切れ、それくらいだった。ベッドにならんで天井を見て、将来のことを話そうとしてもせいぜい思い浮かぶのは夏の終わり、宿題や好きな男子との行く末までが未来の一番はしっこで、それすらも、見まわりに歩く教師の懐中電灯にさえぎられ、あたしたちはすっぽり毛布をかぶって笑いを押し殺していた。

門にはたしかに「芙蓉館」と書いてある。庭と、庭をとりかこむみっつの建造物の位置も記憶のとおりだ。けれど、なんだかへんだった。「たどりつきました！」恋人はさっきの遊びがよっぽどおもしろかったらしく、まだ芝居がかった口調でそんなことを言う。「隊長、ここでまちがいないですな！」

まちがいはない。きっとここなのだ。車でこられるのなんて、きっとせいぜいここまでなのだ。

六年ぶりに訪れた芙蓉館は、なんていうか、とんでもなくしょぼい宿舎だった。木々の合間に、ぽつねんとそれは建っている。庭はたしかに広いが雑草が生い茂り、旧館は、幽霊も敬遠するだろうおんぼろの木造平屋の建物で、新館はちいさく、外壁に無数のひびが入っていてみすぼらしかった。ここで大勢の子どもたちが寝起きしていることを考えると、収容所という言葉が思い浮かんでぞっとした。カニスバーグ・ホールは目を覆いたくなるような悪趣味な建物に見えた。エカテリーナ宮殿を冗談で模したラブホテルよりもさらに、悪趣味だった。

「降りようか」あきらかに落胆しているあたしに気づき、恋人は芝居をやめてそう訊いた。あたしたちは車を降りて、芙蓉館の門に近づいた。近づくにつれ、しかし、目の前にある建物がどんなにしょぼくみすぼらしくても、泣き出したいような笑い出したいような、そんな気持ちがふくれあがってきて自分でもおどろいた。あたしはなつかしんでいるのだった。故郷を捨てた老人みたいに。

あんたたち、なんだ！　入るな！　敷地に足を踏み入れたとたん、だみ声に怒鳴られた。頭に白いタオルを巻いた中年男が、草刈り鋏を手にしたまま近づいてくる。

「あの、あたし」声を出す。「卒業生で」媚びすら見せて、敵意がないことを知らせてみる。しかし無駄だった。中年男は何かにひどく苛立っており、「入んな入んな！　邪魔すんな！　おめえらあっちいけ！」わめきちらしながら、げんこをふりあげこちらに向かって走ってくる。「来週までに草刈んだよ！　出てけ！」

にげろ！　恋人が言い、あたしたちは芙蓉館に背を向けて走り出した。砂利道に停めた車に向かって走り、ふとふりむくと、門のところでまだ何か叫んでいる草刈り男の肩越し、新館二階の暗い窓に、すっと人影が横切るのが見えた。白いふわふわした服を着た、銀髪の女の影に見えてあたしは思わず立ち止まる。遠くで車のエンジン音が聞こえる。早く乗ってください隊長！　恋人の声が聞こえ、あたしはあわてて助手席に乗りこむ。

あたしの夏は、夏の記憶は、フロントミラーのなかでどんどんちいさくなっていく。

3

北原荘２０１号室　横浜市港北区小机町２１××

私が今住んでいる町は杉並区だが、この町を歩いていると、昼日中だろうが夜半だろうが、ふとある思いにとらわれる。この町と私なんか、何ひとつ関係ないじゃないか、と思うのだ。見ず知らずの、まったく関係のない、これからも関係など生じないだろう、平凡な町にぽつんと置いていかれたような気分。私はなんだってこんなところを今歩いているのだろうという、足元が沈みこんでいくような疑問。私がそう感じた瞬間、町はものすごいいきおいでそっけなくなる。こっちだっててめえなんか知らねえよ、という表情をする。

轟音をあげて通りすぎていくバス。赤信号で車が列をなす。子どもたちがひっそりと通りすぎていく。茹であがった中華麺のにおいが交じったなま暖かい空気。バスの行き先を私は知らない、停まった車のナンバープレートは漢字が読めない、しずかな子どもたちは現実味がなく、中華麺がどこからにおうのかもわからない。つながりは何もない。ないだろうとも、と町は鼻で笑う。

町との接点をうしない、町のほうからも突き放されたとき、私はいつも、小机の町に自分がいるような気分になる。そういう意味で、かかわりようのない他人のような町はすべて、私にとったら小机だ。そこがマレーシアのマラッカでも、トルコのクサダシでも、どうしようもなく小机的だ。

小机には一時期おばさんが住んでいた。私のおとうさんの末の妹で、まだ若く、未婚で、家から勘当されており、たったひとりで、アパートを転々と移り住んで暮らしていた。おばさんは、子どもの私から見ても同情を余儀なくさせられるくらい貧乏だった。私はそのころ小学校にあがったばかりで、なぜおばさんが私たちの家——そこはおばさんが育った家でもある——に出入りできないのか、なぜひとりで引っ越しを続けなくてはならないのか、おとうさんは心配しながらなぜおばさんのアパートをたずねないのか、まるでわからなかったが、しかしそんなことは、おばさんと友情をむすんでいる私にはどうでもいいことなのだと、子ども的に考えていた。もしくは何も考えていなかった。

ともあれ、私とおばさんは仲がよかった。気が合ったのだろうし、おばさんには夫も子どももおらず、友達がいるようにも見えなかった。おとうさんにしてみたら、勘当された妹との連絡係として小学生のむすめはちょうど具合よかったのだとも思う。できることなどほとんどないのに、おばさんの引っ越しにもよくかりだされたし、私が提案するお泊まりはすんなり許可された。

一晩泊まって帰宅すると、そこはどこの駅で、駅から何分ほど歩いて、どんなアパートで、どんな間取りだったのか、おかあさんにしつこく訊かれた。私が思わず同情するほどのおばさんの貧乏を、そのままつたえることがなぜかできず、私はいつも色をつけて話した。

駅から野ばらの咲く路地をとおって、甘いにおいのドーナツ屋の前をすぎて歩いていくと、白い、大きな建物が突然あらわれ、おばさんちはそこの二階で、台所と、部屋がふたつある、トイレは洋式で、窓が大きくて、絨毯はピンク色。

子どもの話をおかあさんがどこまで信じたかはわからないが、私はいつもそんなふうに嘘をついた。そうしながら、私はおばさんの貧乏をかくしているのか、それとも単に自分が見栄っ張りなのか、いつもわからなくなった。実際のおばさんの住まいは、どこへ引っ越してもだいたいおなじ、グレイのちんまりした建物で、階段はのぼるとかんかんやかましく鳴り、玄関を入るとそこはすぐ台所で、そのおくに畳の部屋がひとつあるきりだった。お風呂はついておらず、トイレもあったりなかったりした。ない場合は、廊下の突き当たりにくさくて暗い和式の共同トイレがあった。

小机のアパートは、私が見てきたなかでも最低の部類に入った。トイレはなかったし、畳の部屋は薄暗かった。私はいつものとおり父か母かに命じられて、引っ越しのてつだいにいった。六角橋のアパートからの引っ越しだった。六角橋のアパートは、陽当たりがよく、トイレもあり、そばにドーナツ屋があったから私は気に入っていた。だから、おばさんにつれられて小机のアパートにたどり着いたときは、心底がっかりした。しかし必死で、そのがっかりを気取られないようにした。前より部屋が劣るということは、おばさんの貧乏にさらに拍車がかかっているのだろうと、十に満たない子どもでも理解したのだった。

小机のアパートに泊まりにいくと、夜は歩いて銭湯にいく。私は銭湯がものめずらしくて好きだった。ぺたりとした富士山の絵、たくさんの女の裸、髪を逆立てるドライヤーつきの椅子、そうして扇風機の前で飲むコーヒー牛乳。

あんまり飲まないでよ、とおばさんはいつも言う。あたしが半分飲んであげようか？

いいよ。ひとりで全部飲めるよ。実際私はひとりで全部飲むことができた。

あああ。夜中にトイレにいきたいって言わないでね。おばさんは言う。

銭湯から、冬の日は白い息を吐き、夏の日はうちわでたがいを扇ぎ、暗い道をアパートへ帰る。商店はみなシャッターを降ろしてしまい、街灯はぽちり、ぽちり、とずいぶん離れて闇のなかに建っている。静まりかえった暗い道路を、かすかな轟音をあげ市営バスが通りすぎる。バスのなかは白くぴかぴか光っていて、まったくひとけがなく、夢のなかに登場する不可思議な乗りものみたいだった。行き先に赤いランプがついていれば最終バスなのだと、赤いランプのバスが通るたびおばさんはくりかえし教えてくれた。

最終バス。最終バスが終わってしまうと、私たちはもうどこにも行き着けない。おばさんのアパートはあと数歩先にあるのに、ふいに行き場が奪われたような心細さをいつも私は感じるのだった。それで、あわてて視線を落とす。斜め前を歩くおばさんの脚を見つめる。前へ前へと定期的に送り出される脚。私の不安を蹴散らすようなたくましい脚。

家にいると、あっという間にすぎる夜の時間は、おばさんのアパートだとやけに長かった。私は畳に座ってテレビを見る。ほかにすることがない。おばさんは、和室と台所の仕切り戸にもたれかかり、レース編みをしたり、本を読んだり、手鏡を片手に眉毛をととのえたりしている。開け放った窓から、車の行き交う音が聞こえる。酔っぱらいの歌が近づいてきて、遠のいていく。六角橋のアパートは夜になると窓からうっすらと甘いにおいが入りこんできた。泊まりにきて眠っていると、私はよくお菓子の家の夢を見た。その前の、東白楽のアパートには、こもったような音楽が深夜すぎまで聞こえてきた。すぐ近くにカラオケスナックがあるのだとおばさんは教えてくれたが、カラオケスナックがなんなのか、かなりあとになるまで私は知らなかった。その前のアパートがどこで、そこには何が入りこんできたのか、思い出せない。おばさんはどこかのアパートには住んでいたはずだし、そこにやっぱり泊まりにいった記憶も残っているのだが、思い出そうとすると、今まで見たおばさんの住まいがごっちゃになったどこでもない部屋があらわれる。

畳に一組の布団を敷いて、私たちはいっしょにもぐりこむ。トイレはいったのかとおばさんは何度も念押しする。トイレは部屋の外にあるから、夜中に子どもが出ていくのが心配なのだろう。おばさんは布団から上半身を起こし電気のひもをひっぱる。部屋のなかに豆電球の橙色がひろがる。私はすぐ、眠りに落ちてしまう。

しかしその日にかぎってはとつぜん目が覚めた。ぱちりと覚めたまま、眠気は霧散する。おばさんの寝息がすぐ近くで聞こえる。壁かけ時計を見あげると、二時十五分を指している。朝はまだ当分やってこない。私は布団に横たわったまま、目だけ動かして、部屋のなかを見る。数センチ開いた、薄いベージュのカーテンの隙間には、真っ黒い夜が顔をのぞかせている。台所との仕切り戸にはめこまれた磨りガラスにも、夜はへばりついている。眠る前にはとぎれることのなかった、雨の音に似た車の音はまったく聞こえない。

私は目を開けたまま耳をすます。るーるーるーと聞こえる虫が、すぐ近くで鳴いていた。玄関のあたりで鳴いているみたいだ。なんの虫だろう。どこかの草むらから、コンクリの廊下に迷いこんでしまったのだろう。私は息をひそめて虫の音を聞いた。るーるーるーと鳴き、ぱたりととぎれ、またるーるーるーと鳴く。おばさんの静かな寝息。虫の鳴き声。しんしんと孤独だった。もちろんそのときの私はそんな大仰な言葉は知らなかった。ただ、すました耳の奥がひんやりした。泣きたくなるようなつめたさだった。だれが孤独なのか。虫か。おばさんか。孤独なんて言葉も知らない私か。ぼやけた橙が灯る暗闇のなかで考えていると、なんだかどれがだれでもあんまりかわらないように思えた。私が虫でも、虫がおばさんでも、おばさんが私でも。

眠気はおとずれず、虫は鳴き続け、窓にへばりついた闇は濃さを増し、私はふと不安にとりつかれる。おしっこしたくなったらどうしよう。そう思ったが最後、下腹部がちりちりしてくる。おへその下のあたりにあるのだろうおしっこ袋がふくらんでくる。もらしたらいけない。おばさんは怒らないだろうが、おばさんのたった一組の布団を駄目にしてしまう。どうしよう。

私はそろそろと布団から起きあがる。そうっと玄関を出て、廊下を歩いていけばいい。トイレの場所は知っているし、入りかたもわかる。忍び足で玄関までいくが、しかし、戸を開けることがどうしてもできない。るーるーと、戸の向こうで何も知らず虫は鳴いている。戸を開け、闇のなかに足を踏み出し、この町にぽっかり浮かぶ外廊下を歩いていったら、もう二度と帰れないような気がする。

私は意を決し、お風呂屋さんに持っていった自分用の洗面器を手にし、仕切り戸をしめて、息を吸いこむ。パンツごとパジャマをずりおろし、洗面器をまたぎ薄暗い台所にしゃがみこむ。音をたてずにそうっと放尿しようとするが、しかし尿はいきおいよく出続ける。どろどろどろどろと、滑稽な音で洗面器は鳴り続ける。気がつけば虫の音はもう聞こえない。暗い台所にどろどろいう音だけが響き、洗面器から白い、とろりとした湯気があがる。

あのときのおばさんと同じ、二十五歳になったとき、ふと思いついて電車とバスを乗りつぎ、私は小机にいってみた。おばさんはもういないが、あのときのアパートはまだあった。北原荘という、そうとうぼろい木造アパートは、小綺麗な家や、あたらしい薬局や、学習塾の入ったビルなんかにかこまれて、夏の終わりのまぼろしみたいに、そこにぽつんと建っていた。

北原荘をすぎて、駅までの道を歩く。そこはあいかわらず、私とまるで接点のない町だった。なつかしいという感情すらわいてこず、町のほうでも拒否しているようだった。あの夜、台所で小便をしなければ、小便がプラスチックを打つあの奇妙な音を聞かなければ、この町は私のなかで記憶の底に沈みこみ、はなから存在しなかっただろう。

ベージュにブルーの線入りの市バスが私のわきを通りすぎ、私は唐突に、昨日見たようなあざやかさでおばさんの脚を思い出す。湯上がりでほんのり上気した、白く、ふくらはぎに立派な筋肉のついた、たくましい、それでいてどこかなまめかしい脚。かかわることのできない町を、それでも踏みしめて歩いていた脚。私は思いきりふりむく。北原荘は、カラオケ屋のビルに隠れて見えなくなっていた。

きたときはまったくひとけがなかったのに、駅はサッカーのユニフォームを着た子どもたちでごったがえしていた。これから練習試合にいくのか、それとも試合観戦にいくのか、水しぶきのような歓声がホームに響きわたる。私は日陰に突っ立って、陽にさらされたアスファルトに揺れる子どもたちの影を眺めていた。

4　スカイビル十四階　横浜市西区高島二丁目

ダンスを習いたいのだと、親に泣いてたのんだのは私だった。なぜ泣かなければならなかったのかといえば、その年の春、習字教室を半年もせず辞めたばかりで、さらに、その前の年、スイミング・スクールをこれまた「絶対の絶対に続ける」と約束してはじめたものの、二カ月で辞めたものだから、習いごとに対する親の信用を私はことごとく失っており、泣くくらいでないと本気度を理解してもらえなかったのだ。

今度こそ絶対に続けるわね、と母は私に念押しした。わたしが言っているのは月謝のことじゃないのよ、そんなふうに、あれやりたい、もういやだのくりかえしじゃ、あなたのためになんないの、と母は私を真正面から見据えて言いつのるのだった。ダンスだかシンクロだか知りませんけどね、どうせ数カ月で辞めるって言い出すなら、やるだけ無駄だから、よおーく考えろと言っているの。

ヌマタさんといっしょだから今度はだいじょうぶ、と私は鼻水をすすりながら言った。

ヌマタさんと私はクラスメイトだったが、仲よくはなかった。というより、ヌマタさんはだれとも仲よくなかった。数日前、週番がいっしょになった私とヌマタさんは、担任に日誌を渡しにいく道すがら、言葉を交わしたのだった。ダンスを習いたいのだとヌマタさんは言った。ミュージカルを観るのが好きで、いつかミュージカル女優になりたい、ダンスを習うなら体のやわらかい今のうちって気がするのよね、とヌマタさんは言った。私は彼女と廊下を並んで歩きながらしみじみと彼女を見てしまった。そう言われてみれば、ヌマタさんはミュージカル女優にふさわしい派手な容貌をしている。中学一年生なのに百七十センチ近い身長。いつもびっくりしているような大きな目。欧米人みたいな鷲鼻。びろん、と横に長い唇。ダンスかあ、いいね、と、追従で私は言ったのだが、えっ、じゃあいっしょに習わない？と、大きな目をさらに見開いてヌマタさんは私をのぞきこんだ。友達といっしょと言えばうちのママもきっとすんなり習わせてくれると思うわ。ねえ習いましょうよいっしょに。目玉の大きなヌマタさんに上からのぞきこまれ、そのように力説されると、ダンスが本当にいいもののように思われてきた。それで、その日、今まで口をきいたこともなかったヌマタさんと私は、ダンス教室について語り合いながら途中までいっしょに下校したのだった。

成り行きはともあれ、しかし、あのときダンスがとてもすばらしいものに思えたのはたしかだし、ダンスをさせてくださいと泣いてたのんだのはほかのだれでもなく私自身なのだ。だから、二カ月目にしてもう辞めたいなどとは、口が裂けても言えないのだった。でも、ダンスのレッスンがある毎水曜日、私は朝から憂鬱だった。学校すらも休んでしまいたかった。頭が痛いような気がしてきたし、熱もあるんじゃないかと思った。けれどそれを口に出すことはどうしてもできなかった。

私とヌマタさんは水曜日、学校が終わると、ともに市バスに乗ってスカイビルに向かった。スカイビルの十四階にそのダンス教室はあったのだ。水曜日の四時からは、中学生の部で、生徒は私とヌマタさんと、あともうひとり、しょっちゅう休んでばかりの星さんという女の子だった。

二カ月にして、ダンス教室を辞めたくなった理由を、なんと説明していいのかわからない。私はダンスに向いていないようではあった。リズムにのれない。体がかたい。動きがとろい。物わかりも物覚えも悪い。けれど、そんなことじゃないのだ。どんなにへたくそだって、たのしいと思えば、なんだって続けられる。問題は、ほかのことである。たとえば、ヌマタさんと先生の笑顔とか。ヌマタさんと先生のテンションとか。ヌマタさんと先生の類似性とか。

ダンス教室の先生は、小澤エマというそれほど若くない女で、外国人みたいな顔立ちをしていた。実際エマ先生の父親はギリシャ人らしかった（いや、イタリア人だったかもしれない。スイス人だったかも）。エマ先生は、一言でいえば風変わりな女だった。ヒッピーみたいな恰好をして、ときどき長い髪に花など挿して、すべての表情が大袈裟なくらい大きくて、ダンスの合間、地響きみたいな声でかけ声をかけた。「し」と発音するときに、唇を必要以上にすぼめ、「すぃ」と言った。

エマ先生とヌマタさんはとてもよく似ていた。顔つきの派手なところも、オーバーアクションも、スーパーハイテンションなところも、世のなかとずれている、そのずれ加減も。ダンス教室中学生の部は、だから当然、エマ先生とヌマタさんの共通点が色濃く充満する。

エマ・ヌマタ的笑顔。エマ・ヌマタ的ふりつけ。エマ・ヌマタ的飛び散る汗。エマ・ヌマタ的アドリブ。エマ・ヌマタ的……まだまだある。私はその場を支配するエマ・ヌマタ的なすべてになじめず、体がかたいことより、動きがとろいことより、ダンスに向いていないらしいということよりも、その濃度の強い空気に、何よりもぐったりとしていた。

「ケイティ、あなたは表情が乏しいのよ！」カセットデッキを止めて、エマ先生は私に向かって怒鳴る。ケイティというのは教室での私の呼び名だ。ちなみにヌマタさんはリタだった。両方とも、出典も意味合いも私にはわからなかった。「ここはね、捉えられていた孔雀が、すべての束縛から解放されて、思う存分羽根を広げるところだと言ったでしょう、孔雀はずうっと羽根を広げたいと望みながら窮屈さに耐えていたの、今やすべての希望がかなったのよ？　そんなに暗い表情でどうするの！　それじゃあなた、帰る家を見失った禿げ犬だわよ」

すみません、と口のなかで言って、私はこっそりヌマタさんを見る。ヌマタさんは鏡に向かって自由になった孔雀の表情を熱心に練習していた。教室に満ち満ちる、エマ・ヌマタ的重圧感。

私はエマ先生やヌマタさんをまね、私の基準値の百五十倍笑い、百五十倍嘆き、百五十倍手足をぶんぶんふりまわす。「できるじゃないの、ケイティ！」エマ先生は、カセットを止めるのも忘れ私のもとに走り寄ってきて、ぎゅうっと私を抱きしめる。エマ先生のやわらかい乳房に顔を押しつけられ、エマ先生のすえたような体臭と、きつい香水を私は思いきり吸いこんでしまう。乳房からようやく顔をあげると、先生の隣で拍手をしている満面の笑みのヌマタさんと目があった。エマ・ヌマタ的達成感。

当然のことなのかもしれないが、エマ先生もヌマタさんも、ダンス教室の外では、かなり浮いた人種だった。ヌマタさんはクラスに友達がいないのではなく、避けられているのだった。ヌマタさんには友達がひとりもいないのだった。音楽の授業中、みんながまじめに合唱しないでいると「ちゃんと歌おうよ！」とヌマタさんは叫んだ。体育の時間、マラソンをしながらひとり「ワッセ、ワッセ」と軽快なかけ声をかけた。昼休み、自分の机でお弁当のふたを開け「やっだーママったら、おにぎりがアンパンマン！」と大声で言い、たったひとりで笑い転げた。そうして水曜日の放課後になると、「ケイティー！」と私を呼びにきた。そのたび私は周囲をすばやく見まわし、ヌマタさんに先んじて、競歩並みの早さで下駄箱へ向かった。

エマ先生は学校に通う必要がなかったから、きっとヌマタさんよりももっと生きやすかっただろう。けれど私から見れば似たようなものだった。ダンス教室のあと、一般の部がはじまる前に、スカイビルの最上階でお茶を飲んだことがある。紫色のロングドレス姿のエマ先生はひっきりなしに煙草を吸い、何かというと店員を呼んだ。

「灰皿かえてくれる」「ケーキセットのケーキってのはなんなの」「じゃあそのいちごのなんとかをケイティとリタに」「この子たち、将来もっとも有名になるだろうダンサーよ、丁重に扱いなさいね」「ねえ、このフロアって分速何キロでまわっているの？」「ちょっと、今入ってきた客たち、習字教室グループ？　静かにしてって言ってきてよ」

店員たちがうんざりしているのは中学生の私にもわかった。「ちょっと」とエマ先生が片手を挙げるたび、ついたての向こうで、アルバイトのウェイターたちはじゃんけんをしているのだ。そうして負けた人が渋々出てきて私たちのテーブルわきに立ち、勝った幾人かはついたての向こうで笑いをおさえていた。ヌマタさんはたのしそうだった。ふたりはテーブルの下で足を動かし、ステップのおさらいをした。次第に興奮してくると、先生は立ち上がり鼻歌をうたいながらその場でステップを踏んだ。ヌマタさんも立ち上がって真似をした。そうしてあれこれと真剣に話し合うのだった。

スカイビルの最上階は、フロア全体がまるいレストランで、ゆっくりゆっくり回転していた。西口の三越や高島屋が見え、遠く群青色の海が見え、高速道路が見え、ブロックみたいな家並みが見えた。みっともないことをしないように私はがんばっているんだと、まわる景色を見ながらふいに思った。店員たちに笑われないように。じゃんけんなんかされないように。マラソンのときひとりでかけ声なんか出さないように。浮かないように。ちがわないように。へんだと思われないように。友達がいなくならないように。きちんとできるようにいつもいつもがんばっているんだ。エマ先生の、アカペラのダンス曲を聴きながら、私はスカイビルの最上階で、突然泣き出したくなった。泣いたら気持ちがいいだろう。ヌマタさんはとんちんかんになぐさめてくれるだろう。エマ先生はおっぱいに私を押しつけてくれるだろう。けれど私は泣かず、興がのってテーブルのわきでふりつけの練習をはじめるふたりから目をそらし、ゆっくり回転する窓の外の景色を凝視していた。店内で踊らないよう、年かさの店員がふたりに注意しているのを視界のすみで盗み見ながら、母親になんといってダンス教室を辞めようかと、そればかりくりかえし考えた。

5

平岡荘１０１号室　横浜市神奈川区神大寺二丁目

ストーカーという言葉がもしその時代にあったのなら、私はそう分類されただろう。けれど私が十七歳だった一九八三年にそんな名称はなく、恋人でもない男子の住処に押しかけたり幾度もしつこく電話をかけたりする女は、ともすれば、一途なとど表現された。

一九八三年、私は一途な女子高生だった。相対的に、楢橋周一は女子高生をたぶらかした悪い男だった。状況的に楢橋周一に分が悪かった。

私の通う高校は、通学用のバス停から長い長い坂道をあがったところにあった。その長い道の途中に大学があり、楢橋周一はその大学の二年生だった。大学祭で私たちは知り合った。帰り道、紀子となQえと私で学祭に寄り道した。教室を暗くしただけの喫茶店があり、そこで私たちはへべれけになるまで酒を飲んだ。

気がついたら見知らぬアパートにいた。制服を着たままで埃くさい布団に寝ていた。隣で眠っていたのが楢橋周一だった。紀子もななえもおらず、部屋のなかはしんとしずまりかえっていた。時計は十一時少し前を指している。真っ暗な部屋に、カーテンの布地を通して街灯の明かりが入りこんでいた。木目模様の天井。端の黄ばんだ生成地のカーテン。14インチの赤い枠のテレビ。布団に横たわったまま、めまぐるしく部屋を見まわした。部屋と不釣り合いに大きなスピーカー。本棚に立てかけられたおびただしい数のレコード。磨りガラスの仕切り戸と、その向こうにのぞくちいさな台所。シンクに積み上げられた皿と、カップラーメンの空き容器。すごい。映画のセットみたいだ、と私は思った。「ひとりで暮らす貧しい大学生の部屋」として、そこは完璧に完結しており、まるで小宇宙だった。

楢橋周一は目を覚まし、隣に寝ている私を見てあわてふためいた。おれ、やってないよ、と開口一番に言った。煙草と酒と睡眠の混じりあった、いやなにおいが彼の口からもれた。本当にやってない、おれ酔うとできねえんだ、とくりかえす。本当のことらしかった。私は未だ処女なのだった。

いやそうなそぶりを隠すこともせず、けれどバス停まで楢橋周一は送ってくれた。終バスはとうに終わっていた。のろわしげな顔つきで、楢橋周一は一万円を貸してくれた。返さなくていい、と低く言った。それはたぶん、二度と会うつもりはないという意味だったんだろう。その夜、私ははじめてたったひとりでタクシーに乗った。

酔っぱらって連れ帰っただけの女子高生に、二度と会うつもりはないと言ったって、私は楢橋周一のアパートの所在を覚えていたし、電話番号はななえが楢橋周一のクラスメイトに訊いて教えてくれた。休み時間になるたび、校内の公衆電話で私は楢橋周一の電話番号をくりかえし押した。

いつも留守番電話だった。けれど留守番電話の声は機械男でも機械女でもなく、楢橋周一本人のものだった。すみません、留守です、と楢橋周一は神妙にささやく。メッセージを、どうぞ！　で、ピーと甲高い音がする。何も言わず、私は電話を切る。声を聞けるだけでよかった。

放課後は、紀子ともなえともつるまず、私はひとり、楢橋周一のアパートに向かう。坂道を下り、公園を抜けて市営住宅を抜けて、高い建物がいっさいないせいでひらべったい印象の住宅街を右左折し、二階建ての木造アパート、平岡荘にまっすぐ向かう。

平岡荘の隣には、平岡さんちがあった。家族構成は、祖父（平岡光三）祖母（テル）父（光男）母（祥子）兄（光太）妹（光乃）である。表札で知った。

電話と同じく、楢橋周一はいつも留守である。二、三度、木製の薄い玄関ドアをたたき、返答がないと、敷地内をぐるり庭側へまわった。楢橋周一の部屋は、いつも生成地のカーテンが閉まっていた。

平岡荘の、コンクリート門にもたれて私は楢橋周一を待つ。頭上に広がる空は、どんよりと曇って冬を待っていた。平岡荘の斜め前には自動販売機があり、寒くなると私はそこで缶コーヒーを買った。

平岡荘の錆びた階段に腰かけて缶コーヒーを手のなかで転がし、楢橋周一の顔を思い出そうと私はつとめる。私の隣で眠っていた男は、テレビで見る俳優に似ていたのではなかったか。彼は私に一万円をくれ、道路に走り出てタクシーを止めてくれたのではなかったか。またね、と笑ったのではなかったか。電話番号はななえからではなく、本人の口から聞いたのではなかったか。

古ぼけた木造アパートに寄り添って男のことを考えていると、今までの自分がずいぶん遠く感じられた。紀子やななえと腕を組んで歩き、ジョイナスやポルタの地下で食べ放題のケーキやおはぎセットなんかを食らい、学校のこととテレビの話題で何時間でもしゃべり、伊東屋や有隣堂に立ち寄って時間をつぶしていたことが、ひどく昔のことに感じられた。

平岡荘の前で張り込みをして四日目、午後七時過ぎにひょっこり楢橋周一は帰ってきた。暗闇のなかに立つ私を見つけ、「ぎゃっ」と漫画みたいな声を出した。楢橋周一は私を家に入れてくれなかった。勘弁してよ、と言いながら、バス停まで送ってくれた。帰りたくないのだと私が言うと、喫茶店でコーヒーを一杯おごってくれた。ピラフも食べたいと言ってみたが、それは却下された。

勘弁してよ、まいっちゃうよ、もうこないでよ？　バス停で楢橋周一は幾度も言った。バスに乗りこみ、手をふるために窓に近づくと、夜のなかに吸いこまれていくような楢橋周一の背中だけが見えた。

土日の休みが過ぎて月曜になると、しかし私は休み時間ごとに楢橋周一に電話をかけ、放課後は平岡荘を目指した。未成年と関係を持ったら淫行罪になるからといって、そんなにびびることはないじゃないか、と、私は中年女みたいなふてぶてしさで思っていた。

二週間も通うと、平岡荘はなじみ深い建物になった。二階建ての、今にも崩れ落ちそうな木造建築は、まっしぐらに向かってくる私を見て、旧友に会ったような笑みをこぼしているみたいに思えた。住人たちの顔ぶれもだいたい覚えた。楢橋周一と同じ年代の、もっさりした若い男は１０３号室、五時過ぎに完璧な化粧をして出かけていく女は２０１号室。よちよち歩きの赤ん坊を連れた小太りの若い女は２０４号室。小太りの女は「今日も彼氏は遅いの？　たいへんね」なんて、人なつこく私に声をかけてくれる。もっさり男は眉間にしわを寄せてちらりと私を見遣る。化粧のうまい女は、気の毒そうな視線を向けて私のわきをすり抜けていく。

私が平岡荘の前に立っているのはだいたい四時から八時か、遅くても九時まで。

その時間帯に楢橋周一があらわれることは、あの一度きりしかなかった。冬に向けて次第に空は弱々しい色になり、日が暮れるのはどんどん早くなった。平岡荘に寄り添って立つ私は心細く、けれど、心細くなればなるほど、なぜか私は安堵した。心細いということは、ひとりきりでいるということより、だれかと手をつないでいることに、どちらかといえば似ていた。

あんた、寒いだろうから、うちで待ったらどうだ？　平岡家の祖父、光三が声をかけてきたのは、十一月の最後の週だった。平岡荘101号室に入れない私は、平岡家に招き入れられた。平岡家の居間で、祖父、祖母、母に囲まれ、あれこれと質問を受けた。いったい毎日だれを待っているのか。どんな理由でそうしているのか。うちの下宿生に悪さをされたのではないか。親御さんが心配しているのではないか。自分たちにできることはないか。表札の文字でしか見ていなかった光三や祥子は、思ったよりも若く、てきぱきと言葉をつないだ。見知らぬ人んちの居間で、壁にかかった賞状や棚に並んだへんな人形を眺め、なんと答えたらいいのか、どぎまぎと紅茶をすすった。居間のガラス戸の向こうに平岡荘が見えた。コンクリート塀の向こう、101号室はやっぱりカーテンが閉まったままだった。

土日をやり過ごして、翌月曜、楢橋周一の電話はつながらなかった。昼休み、私は学校を抜け出して平岡荘に急いだ。１０1号室に表札はなく、庭にまわってみるとカーテンははずされていた。磨りガラスの向こうに広がっているのは、がらんどうだった。楢橋周一という人を失ってみると、外観がグレイのおんぼろアパートは、ただの廃墟みたいに見えた。

楢橋周一の両親から電話があったと、しばらくして母親に聞いた。いろいろご迷惑をおかけいたしましたと、それだけ言って電話を切ったらしい。楢橋周一と私のあいだに何があったのか、母親は訊きたがったが私は何も言わなかった。その冬、私は泣いて過ごした。世界一好きな男に罪をかぶせてしまった。私たちは平岡一家に引き裂かれてしまった。私は処女のままで、彼に二度と会うこともない。

今ある言葉が存在しないことによって成り立つ世界があるいうことに、ずいぶんあとになって私は気づき唖然とする。しかしともかく、そのおかげで、私はあの秋、十七歳という年齢とおりあいをつけられたのだ。かたちのない凶暴な何ごとかを、恋などと名づけることができたのだ。

6　紅座　横浜市港北区仲手原２１××

映画館にいくというのは、習慣が左右する行為だと私は思っている。ラジオみたいなものだ。ラジオを聞く習慣のある人は、なんでもないことのようにラジオを聞くけれど、そういう習慣がない私などは、どうやって聞いたらいいのかわからない。正座して聞くのか、それとも何かしながら聞くのか、何かというのは頭より手足を動かすような何かのほうがいいのか、わからなくてもぞもぞしてしまう。映画館によくいく人は、きっとかかっている映画が見たくて見たくて足を運ぶというよりは、習慣的にそこへいくのだろう。

あちこち旅するたびに思うのだけれど、世界じゅうの人が映画館にいく習慣を持っている。アジアもヨーロッパもオセアニアもイスラム圏の人々も。貧しいところでもゆたかなところでも、にぎやかなところでも閑散としたところでも。たとえば、アジアの片田舎の、おそらく一生この町を出ることはないだろうおじさんやおばさんが、なんとなくつまんなそうな顔をしてその町に一軒だけあるぼろっちい映画館に赴き、私から見ればたいへん珍妙なアクションミュージカルに目を輝かせて見入り、泣いたり笑ったり手をたたいたりしている、そんな様を見ると、非常に感慨深い思いにとらわれたりする。

紅座は、アジアの片田舎にぽつんとある、そんなような映画館だった。

私鉄のT駅を降りると、なかよし商店街という名の商店街が長く延びている。商店街がとぎれると住宅街になり、道はゆるいのぼり坂になる。坂の真上に私の通った小・中・高校があり、そして紅座は、このなかよし商店街に位置していた。なかよし商店街の、乾物屋の角を曲がると、そのぼろくさい建物はある。

商店街を一歩入ると、人通りも途絶え、喧噪も届かず、そのため、紅座は人にも時代にも見捨てられたようにひっそりとそこに建っている。かかっている映画は、ずいぶん前にロードショーだった古いもので、たいていそれは二、三本だてだったのだが、だれがどんな理由で選んでいるのか、組み合わせがめちゃくちゃだった。ホラー映画と文芸作品なんてのはまともなほうで、グロ映画とアニメだったり、角川映画と前衛作品だったり、仁侠映画とサスペンスと子どもが主演のミュージカルだったりした。

だれかに連れられて、でもなく、だれかと連れだって、でもなく、私が生まれてはじめてたったひとりで足を踏み入れた映画館が、この紅座だった。通学路の映画館とくれば、当然学校をサボタージュして真っ昼間にいくのが一般的だが、しかし私は学校を抜け出したことがない。

私の通った学校は、生徒数があんまり多くないうえ、やたらに校則が厳しくて、学校を無断で抜け出すことは不可能だった。友達がひとり、三時間目にあらわれなかったことがある。どうなったかというと、私たちの学年の授業はすべて中止され、教師と学年全員で、授業をボイコットした彼女を捜しまわったのである。彼女は校内にいた。美術室のある古い建物の、階段の踊り場でひとり泣いていたところを、生徒数人によって発見された。なんでも彼女は失恋し、授業を受ける気にならずそこに隠れて泣いていたらしかったが、その日の昼休みには、彼女の失恋話が学年じゅうの、いや、教師も含めて学校じゅうの知るところとなった。授業をボイコットして、町へいけば見つからないのではないかと考えた別の友達が、そのようにしてみた。私たちはふたたび捜索に駆り出されたが、町へ逃げた彼女は当然見つからない。味をしめた彼女はもう一度同じことをした。そうして退学処分になった。

そんなわけだったから、私が紅座にいくのはきまって学校がひけてからだった。いつも一緒に帰る友達に手をふってわかれ、ひとりなかよし商店街を急ぐ。上映途中から入らなければならないことが多かった。三本だてのときは全部見ることはできなかった。私の家の門限は九時だった。

そもそもの最初、なぜひとりで紅座へいこうと思ったのか覚えていない。私はそれほど映画好きではなかったし、暗くて薄汚い紅座は、十代のむすめがすすんでいきたいと願うような場所ではなかった。それでも中学生の私はなぜか、ひとり紅座へいったのだった。

陽にさらされたしずかな路地をすすむと、真っ暗な紅座の入り口がぽっかり開いている。日向から陰へ足を踏み出し、入り口のカウンターに「中学生一枚」と告げる。陽射しに慣れていた目には室内は暗すぎ、切符を差し出すおばさんの顔が見えない。ただ、ぴらりとした切符だけが無愛想に差し出される。それを受け取って、ひんやりした廊下を歩く。館内ではじまっている映画の音声が、廊下にわんわん響いている。ひっそりと設置された自動販売機で、スナック菓子とジュースを買う。ごとごとと缶ジュースの落ちてくる音が、ぞっとするくらい大きく廊下に響く。

黒ずんだ革が切れて、なかから黄色いスポンジが飛び出している重たい扉を開けると、深い暗闇が広がっている。スクリーンの光が海水みたいに広がって、そこにぼんやり人の頭が浮かび上がっている。人の頭がない箇所をえらんで、私はしずかに移動する。折り畳みの椅子を倒して尻をすべりこませる。そうして、海水みたいな光のなかにまぎれこんでしまうと、不思議なくらい気分が落ち着いた。自分の家の、自分の部屋にいるときよりも。

スクリーンの光と、耳の奥をくすぐるような大音量が私をひたす。いろんな物語がある。かなわない恋があり、意味のない撃ち合いがあり、解けない謎があり、何ごとにも優先される友情があり、いつまでもとまらない笑いがあった。途中からだろうが途中までだろうが、私は目の前に展開される物語を一生懸命に追ったけれど、けれど、目の前に流れているものがどんなものでもかまわなかった。見ればなんでも——気分の悪くなるようなスプラッタでも、それはそれで——おもしろかったし、話の流れがわからないものは俳優の顔を見ているだけでもたのしかった。

高校にあがっても私は紅座に通いつづけた。恋や、裏切りや、破滅や、闘いや、あるいはワインや、黒ビールや、男子寮や、地中海や、石畳の道や、防空壕や、そういうもの全部、私はその暗闇のなかで知った——と言いたいところだけれど、実際、そうしたものはただ私をひたす光に過ぎず、どれだけの映画を見ようと私はなんにも知らないまんまだった。

その日、私鉄のT駅で電車を下り、学校に向かうべくなかよし商店街を歩き出したのだが、ふとあることに気づいた。学校を途中から抜け出すから、そこにいたのにいないから、あのような騒動になるのであって、最初からいなければ問題にならないではないか。

商店街の電話ボックスに入り、生徒手帳に記された電話番号を押す。出てきた事務員に、私は名前を告げ、言った。電車のなかで気分が悪くなって倒れました。今、駅にいるのですが、大事をとって今日は帰ります。事務員は私を疑うこともせず、あら、お大事に、気をつけてお帰りなさい、と言った。

商店街のドーナツ屋で時間をつぶし、九時を待って紅座へ向かった。午前中の紅座は見事に空いていた。一本目は青春ものの邦画で、見渡すと、客席には私ともうひとりいるきりだった。十時過ぎに、ドアを開け光の海のなかにもうひとりが入ってきた。

一本目の映画が終わり場内が明るくなると、私を含めた三人の観客は、顔を合わせないようにそれぞれトイレにいったり飲みものを買いにいったりした。ひとりは背広を着た若い男で、もうひとりは年齢不詳の女だった。二本目がはじまる前に、さらに浮浪者風と大学生風がくわわった。

二本目の、難解なフランス映画が終わると、ちょうど昼休みの時間だった。私は座席で弁当を食べた。弁当独特のにおいがぷんと周囲に漂ったが、まばらな客はみなそれぞれ距離をとって座っていたので、私は安心して弁当を食べ続けた。

食べ終わらないうちに三本目、イタリアの恐怖映画がはじまり、二時を過ぎてふたたび、青春映画がはじまる。冒頭で私は居眠りをし、真ん中あたりで目覚め、眠気の残った頭でぼんやり映画の音声を聞いていた。二度目のフランス映画が終わって、私は空の弁当箱を鞄に詰めて席を立ち、商店街を歩いて駅に向かった。さっき午前中だった町は、紺の夜のなかにあった。

あまり頻繁だとばれるだろうから、三カ月か半年に一度、そんなふうにして私は学校を休み、一日じゅう紅座で過ごした。挨拶どころか顔をあわせることなどないが、しかし幾人か顔見知りができた。年齢不詳の女は必ずと言っていいほど紅座にきていたし、大学生風の男ともよくいっしょになった。夕方の上映で、同じ学年の女の子にあったこともある。私と彼女は、悪事を見つかったような気まずい顔で会釈しただけで、とくに言葉を交わさなかった。

紅座は、私が高校三年生のときにとりこわされた。

あるとき、学校帰りに紅座に寄ってみると、なんの予告も前触れもなく工事がはじまっていた。青いビニールで囲われた紅座は、三日ほどで影もかたちもなくなった。あとはただ、四角い空き地が無防備に広がっていた。

私はなんとなく、毎日学校帰りに紅座跡に立ち寄った。いついってもそこには、白茶けた四角い土が広がっているだけだった。

一度、例の大学生風の男に紅座跡で会った。黒縁眼鏡、チェックのシャツに暗い色のセーターを着た彼は、私のようにぼんやりと紅座跡を眺めていた。近づく私の気配を察して顔をあげ、会釈するでもなく、ほほえむでもなく、数秒私を見たあと、夕暮れの色に染まった空き地にふたたび目をやった。

たとえば十代の日々を思い出そうとする。自分の部屋の細部とか、教室の机の中身とか。いつのころからか、私はそういうものをあんまり鮮明に思い出せなくなった。私の生まれ育った家も今はもうなく、だからよけいに、その家がどんな間取りで、自分の部屋には家具がどんな具合に配置され、ベッドカバーが何色だったのか、ほとんど何ひとつ思い出すことができない。一番鮮やかに明確に思い出せるのが、だから紅座というあのしょぼくれた映画館で、私はあの闇のなか、スクリーンの光に照らされて生活していた錯覚まで抱いてしまう。そこで食べ、そこで用を足し、そこで宿題をし、そこで会話し、そこで服を着替え、そこで眠っていたような。

闇のなか、椅子にしずみこんで私がじっと見ていたものは、物語でもなく世界でもなく、俳優たちでもなく未だ知らぬ感情でもなく、あつらえたような心地よい場所に、ぴったりおさまった自分自身の、架空の姿だったのかもしれない。というのも、あれだけの長いあいだ、しょっちゅう通っていたというのに、映画館にいくという習慣が、私のなかにまったくないからだ。アジアの片田舎にぽつんとあるような映画館だった紅座は、私にとってはきっと、映画館ではない、何か別のいれものだったのだろう。

7　共栄ハイツ305　杉並区久我山2-9-××

史上最強にすさんだ生活をしていた時期が私にはあって、今後ふたたびあのようにすさむことがあったとしても、絶対にあれ以上にはならないと思うから、やっぱりそれは自分史上最強といっていいんだと思う。

今から十年と少し前だ。私は二十四歳だった。久我山の、古びているわりに、どことなく剛健なビルの三階で、世界一好きな男とともに生活していた。世界一好きな男を仮にイノマタくんとしよう。イノマタくんは私より二歳年下で、定職は持っておらず、かといって、定職を持たない同世代の他の人が当然持っていた、音楽家になりたいとか、文筆家になりたいとか、画家になりたい発明家になりたい、そういう願望を、てんで持っていない男の子だった。ただ、今をたのしく生きられればいいと、イノマタくんは公言していた。人生は――と、イノマタくんは二十二歳特有のもってまわった言いかたでよく言っていた――たのしいと思える瞬間の積み重ねであってはじめて、生きるに価する何ごとかなのだと。

ところで共栄ハイツ305の家賃は九万二千円、管理費三千円であった。この家賃プラス水道ガス電気電話などの料金いっさいを、私が負担していた。けれど二十四歳の私には、出してやっているのだという気持ちはまったくなかった。イノマタくんの、たのしいことの連続であるべき人生には、家賃や公共料金は不釣り合いだと私は納得していた。

しかしその、家賃九万二千円、間取り1LDKの305号室に、イノマタくんはめったに帰ってこなかった。夕方飲みにいくと言って出て（飲み代は彼自身が負担していた）、そのまま、一日でも二日でも帰ってこず、三日目の朝にふらりと帰ってきて、ばたんとベッドに倒れこんで眠り、私が仕事にいって帰ってくると、部屋にもうイノマタくんの姿はなかったりした。

一緒に暮らすことによって、生活というものはすぐに手に入るんだろうと、二十四歳の私は思っていた。私がイノマタくんをどんなにはげしく愛していたとしても、トイレットペーパーだの冷凍食品だの、ゴミの日だのトイレ掃除だのが入りこんでくれば、否応なく私たちは生活に組みこまれてくるのだろうと。そしてそのときの私が欲していたものは、イノマタくんの愛の言葉でもなく、永遠の約束でもなく、家賃の半分でもなく、生活だった。ごくふつうの、ありきたりな、退屈な、煩雑な、色あせた生活だった。新聞を読売にするか朝日にするか、どっちの販売員がビール券を多くくれたか話し合ったり、夕陽がビルの合間に沈んでいくのを西の窓から眺めたり、どちらが掃除をするだの洗濯をするだので喧嘩をしたり、そういうことなのだった。

一緒に暮らせば自動的に手に入ると信じていたそれは、しかし依然として私から遠いところにあった。共栄ハイツ３０５は、なんだか異国にぽつんとある、人気のない安宿みたいだった。安宿に生活はない。半年居着こうが一年居着こうが、生活はおとずれない。

一年が過ぎ、私は二十五歳になり、イノマタくんの帰ってこない部屋で、呆然とした。私の暮らしたい暮らしは手に入らず、物理的距離の縮まった恋人はしかし以前より遠く感じられ、それでも毎月九万二千円と公共料金は通帳から落ちていき、そのために私は働き続け、もっともいやになってしまうのは、そんななかで、私のイノマタくんに対する愛がいっこうに目減りしないことだった。

そもそもこれは愛なのか。と、イノマタくんの帰らない暗い部屋で、深夜のテレビをぼんやり眺めて私はよく考えた。たんなる執着ではないのか。イノマタくんが必要だと言いながら、イノマタくんを必要とする自分自身が必要ではないのか、などと、思考は果てしなくこんがらがり、これは整理して考えなくては駄目だと思い日記をつけはじめ、「愛とは」「執着とは」「他人を愛すとは」「自己愛とは」「献身とは」「情愛と恋愛の違いとは」、暗号のような文句を書き連ね、しまいに、しつこくしてはいけない、うざがられてはいけない、自立した女でなければいけない、ほかにも女がいるかもなどとは疑ってはいけないと、独自の教えで日記帳は満ち、つまりそれほど私の頭はイノマタくんに占領されていたのだった。

イノマタくんの友達がイノマタくんをたずねてきたことがあった。夏の、日曜日の夕方だった。五時に共栄ハイツで待ち合わせたらしかったが、しかしイノマタくんはいなかった。約束があるし、すぐ帰ってくると思うから待たせてよ、と友達は言い、私たちは鳴きわめく蟬の声を聞きながらビールを飲み、イノマタくんの帰りを待った。

ビールの空き缶がボウリングのピンのように並んでも、イノマタくんは帰ってこなかった。私たちは煙草を吸い、テレビを見、あたりさわりのないことを話して笑い、気づいたらともに寝ていた。イノマタくんと私が眠るベッドで性交し、今にもイノマタくんが帰ってくるのではないかとひやひやし、ひやひやするのに比例して性的興奮は高まった。

性交を終え、友達はシャワーも浴びず、気まずく帰っていった。その日の深夜にイノマタくんは帰ってきた。友達きたよ、と伝えると、あっやべえ忘れてた、とイノマタくんは大声で言い、笑った。数時間前にその友達と寝たベッドで、私とイノマタくんは性交なしで寝た。

イノマタくんではない男と寝る、というのは、図らずも私の気分を楽にした。私はそのことにとても驚いた。

　私はそれ以降、続けざまに恋人ではない男の子と寝まくることになる。イノマタくん以外の男の子とやるというのは、確実に私の気分を軽くした。それがどういうことなのかわからなかったが、そういうことをしていれば、日記を書かなくてもすんだし、暗い部屋で膝を抱えテレビをぼうっと見ていなくてもすんだ。自分のコンプレックスをほじくりかえして傷ついたり、ほかに女がいるのではとイノマタくんを疑ったり、しなくてすんだ。

　ラブホテルや男の子の部屋で寝ることもあったが、共栄ハイツに連れこむことのほうが圧倒的に多かった。そのほうが話が早く進んだし、お金もかからなかった。イノマタくんが帰ってこない日、時間を見計らって、私は男の子を招き入れ、色っぽい雰囲気になるようにしむけるのだった。まったくここはボランティアの娼館か、と、ときどき私は自嘲気味に考えた。しかしそう考えたあとで、ボランティアされているのはどちらなのかいつもわからなくなる。

　恋人という関係をつくるのには時間がかかるが、男の子とともに寝るのに不思議なくらい時間はかからなかった。昨日会った子と今日寝ることは本当にたやすかった。さっき会った子と今寝ることも同様にたやすかった。

いろんな男の子がいて、いろんな手続きがあって、いろんな事情があって、いろんな交わりかたがあった。だれとでも私はうまくやっていけるような気がした。なぜ彼らではなくイノマタくんと暮らしているのか、そのことがときおり深い謎に思われた。

一度でも彼らと寝ると、私はいちいち何か淡い恋心めいたものを抱いた。AくんやBくんやCくんやDくんが、きみとイノマタ某の暮らしは間違っている、今すぐそんな暮らしはやめてぼくと暮らそう、とかなんとか、劇的な言葉で私を共栄ハイツから連れ出してくれるのではないかと夢想した。

けれどそんな男の子はいなかった。当然彼らは私を「そんなような女」としか見ていないのだった。性交前からとくべつな興味を持っているふうではなかったし、性交後にとくべつな感情を芽生えさせることもない様子だった。

そんなわけで、私は数多くの恋の可能性と脱出の契機を感じつつも、共栄ハイツにいるままで、二十六歳になろうとしていた。

二十六歳になる夏の終わり、生理がこなくなった。なんだか展開が漫画やドラマみたいでおかしかった。私たちはかつて見たそういうものを、みずから真似て生きているのではないかと思った。

こわくて病院にはいけなかった。子種はＡくんかＢくんかＣくんかＤくんかＥくんか、あるいはＦくんかＧくんかＨくんかＩくんかＪくんかわからないが、イノマタくんではないことだけははっきりしていた。寝まくっている日々のなかで、私はイノマタくんとだけはやっていなかった。

妊娠判定薬を買いにいきたいからついていってくれと、私はほかのだれでもなく、イノマタくんにたのんだ。あてつけでもないし、駆け引きでもない。そういうことをたのめる人がほかに思いあたらなかった。イノマタくんはなんにも訊かず、繁華街の大型薬局まで一緒にいってくれた。それを家に持ち帰り、私がトイレにこもっているあいだ、なんにも言わずに待っていた。

白い細長い棒の、まんまるいちいさな窓に、線が出るのか出ないのか、出ていれば妊娠で出なければなんでもない、それを待つ五分ほどのあいだに、私はイノマタくんに言った。線が出てきたらそれはあんたの子どもだから、なんとかしてください、と。イノマタくんはあきれ果てるだろうと私は思っていた。あきれ果て、こんな馬鹿馬鹿しい共同生活はやめようと、言い出すのではないかと。それはとてもこわいことではあったけれど、私はどこかでそれを望んでもいた。

予想に反して、「うんわかった」とイノマタくんは答えたのだった。いつも見せるのと寸分たがわぬ笑顔で、「うんわかった、いっしょに育てよう」と、言ったのだった。

それを聞いて、こんなのもやっぱりテレビや漫画みたいだと思ったけれど、でも私は泣いた。天井を向き、両手を投げ出し、目をぎゅっとつぶり口を開き舌まで出して、子どものように泣いた。こいつが一緒に育ててくれるはずはなかった、だいたいイノマタは家賃も払っていないのだった、とりあえずの返事をしているだけなのだった、万が一子どもがいたってふらりと飲みにいき二日も三日も帰ってこないに違いなかった、全部わかっていた、わかっていたけれど私は泣いた。私のお腹に何かいるとしたらそれは絶対にイノマタくんの子だと、そのとき知ったからだった。子どもというのは精子と卵子でできるものではなくて、だれかに向けたどうにも薄れてくれない思いが凝固してできるものだと知ったからだった。涙で曇る視界に、体温計に似た棒を持ち上げてみると、しかし判定窓は真っ白なままだった。

アパートの更新契約をすませてすぐ、私とイノマタくんは別れてしまった。イノマタくんにあたらしい恋人ができたのだ。あれほど執着していたわりに、私はあっさりとひきさがり、てきぱきと引っ越しもすませた。二カ月後には私にも恋人ができた。もちろん私はあたらしい恋人を好きだったが、その恋情は、他人と寝ることでかろうじて自分を保つような意味不明な何かではなかった。だれかを好きでいて、好きなその人と眠るというシンプルさに、私ははじめて安堵した。

その後イノマタくんがどこにいるのか私は知らず、今では顔もぼんやりとしか思い出せない。ちゃんと思い出そうと目を凝らすと、目に浮かぶのはいつも、共栄ハイツのささくれた畳の目だ。イノマタくんの帰りを待ちながらいじっていた畳の目。缶ビールの水滴がまるい輪っかを作った畳の目。イノマタくんではない男のために脱ぎ捨てた下着の下の畳の目。それだけなのである。

8

橙の家

川崎市高津区二子1－××－××

その店はずっと私の憧れだったので、バイト募集の貼り紙が出たときは、履歴書も持たず制服のまま店に飛びこんで直接交渉した。私は十八歳で、次の春に高校を卒業することになっていた。多摩川からほど近いところにある「橙の家」は、ちいさなこじゃれた喫茶店で、クラスメイトのワカちゃんと何度かきたことがある。自家製ケーキもさほどおいしくないし、コーヒーが何種類もあるわけではなし、さほど特色のない店なんだけれど、たたずまいがすてきだった。洋館の一階にあり、入り口はふつうの玄関と変わりない木製のドアで、最初は入るのがちょっとためらわれる。じっさい私とワカちゃんは何度も入り口まできて、ドアを開ける勇気がなくて、引き返して多摩川の川っぺりで菓子などを食らったりした。

ドアを開けるとなかもまったくふつうの家と変わりない。靴を脱いで上がり、廊下をつたって部屋にいく。和室と洋間があり、和室にはソファとテーブル、洋室には木製椅子とテーブルがそれぞれ五、六席ずつ並んでいる。まるかったり、ちいさなステンドグラスがはまっていたりする窓が、私はとくに好きだった。

店長だという中年の女に面接され、その日のうちに採用が決まった。私の通う学校はアルバイト禁止だったが、こんなところまで茶を飲みにくるような教師は――そしてこの店をすてきだと思いドアを開けるような教師は、あの学校にはひとりもいないだろうと私は思った。

ワカちゃん私ね橙の家でアルバイトするの、来週からあそこの店員なんだよ、ねえお茶飲みにきてね。そう言うために、その夜ワカちゃんに電話をかけた。えーすごい、すごいすごいすごい、なんかずるい、ぬけがけじゃん、と言われるかも、言われたらどうしよう、などと私はわくわくしていたのだが、しかしワカちゃんは、ふうん、とつまらなさそうに言っただけだった。ふうん。そんで、あんた受験とかどうすんの。と、続けて聞いた。ひんやりした声で。

なんとなくわかっていた。私とワカちゃんの会話は、高三になって数カ月たったあたりからあんまり嚙み合わなくなっていた。ワカちゃんの語る未来への不安は私を苛立たせたし、私の語る些末な日常をワカちゃんは退屈だと思っているふうだった。私たちはじゃあねと言い合い電話を切った。

憧れの店で働きはじめてみても、日常にたいした変化はなかった。橙の家という喫茶店を、私は何か社交界や芸能界のように考えていたけれど、なかに入ってみればそこはごくふつうのお茶屋で、仕事は地味で、アルバイトや店員たちの関係は稀薄で、女店主は少女趣味が過ぎてもはや変人にしか思えない中年だった。自家製と銘打っているケーキは仕入れていたし、客に出す水は水道水で、紅茶は同じ葉を何度も使った。一番年下の私はいわばツカイッパで、トイレットペーパーや女主人が家で食らう私用の米やジャガ芋や、アルバイトたちが休憩時に食す弁当、かさばる重いものばかりを買いにいかされた。夏で、私は汗をだらだら流しながら町と店を往復した。

私と一番年齢が近いアルバイトは、前橋さん二十一歳で、彼女はどうやら、店員である倉田さん三十一歳と恋愛をしており、ふたりの勤務時間と休憩時間を一緒にすること、それだけに心を砕いていて、高校生の私とはあまり口を利いてくれなかった。倉田さんは、美大生であるべつのアルバイト、下平さん二十二歳にもちょっかいを出しているように私は思ったけれど、真相はわからない。高校生の邪推かもしれない。私に仕事を教えてくれ、気をつかってくれ、あれこれ話しかけてくれたのは、アルバイトのなかで一番年長の新山さんだったのだが、親しく友達づきあいをするのには年齢が開きすぎていた。新山さんは四十二歳だった。独身で、二子玉川のマンションに住んでいて、猫と鸚鵡を飼っており、ピアノを弾くのが好きなのだと新山さんは話してくれた。橙の家という店名の由来を話してくれたのも新山さんだった。ほら、あの窓、と彼女はうっとりして廊下の隅にあるステンドグラスを指さした。花の模様のステンドグラスだった。あの菱形のなかに、冬の午後三時の太陽がぴったりとおさまるのよ、それでこの廊下がすうっと橙色に染まるのよと、重大な秘密を教えるように耳打ちしてくれたのだが、かなしいかな、その話に、新山さんが期待するような感動を覚えることは、私にはできなかった。

客はほとんどが女性だった。かつての私とワカちゃんのように、ためらいながら、そろそろと入ってくる高校生や、カルチャーセンター帰りらしい主婦連、気どりくさった若いおばさんたち、ぼんやりした美大生、持ちもの全部ピンクハウスの女、杖をついたおばあさん。カップルもときおりきたが、男側はいつも、居心地悪そうに尻をむずむずと動かしていた。

夏休みに入り、アルバイトの時間は増えた。月、木、土、日曜日の九時半から午後五時まで私は働いた。午後一時から一時間の昼休憩がある。弁当が支給され、それを控え室（三畳ほどの納戸）で食べ、あとは何をしても自由だ。新山さんは休憩時によく買いものにいっていた。前橋さんと倉田さんの休憩が一緒になると、二人は弁当を持ったままどこかへ出ていき、ぴったり一時間後に戻ってきた。

私はよく多摩川の河川敷にいった。玉砂利の川沿いに腰かけて、支給される弁当をぼんやりと食べ、缶ジュースを飲んだ。河川敷はバーベキューをしにきている若いグループや家族連れでいつもにぎわっていた。草のぼうぼう生えた中州では、私とは一生縁のないようなかっこいい男の子が、ＢＭＸで曲芸みたいなことをしていた。川は夏の陽射しをあびて、ちらちらと笑うように光りながら流れていく。

クラスメイトたちはみな、予備校に通って勉強しているのだろうと私は思った。何せ私たちは来年早々受験を控えているのだ。週四日喫茶店で労働をしている私だって、大学にいかないつもりではなかった。

あなたを推薦できるような学校はどこにもありません、と、梅雨の時期の三者面談で私は担任教師に言われていた。それまで私は推薦で大学に進むつもりでいたのだった。先生、でも私、推薦でいきたいんです、ちいさな声で発言してみると、教師はあきれかえった顔をして言うのだった、あなたね、自分の成績というものがわかっているの、こんな成績で、どこに推薦されようというの、おまけにあなたは素行もよくない、新学期がはじまってまだ数カ月なのにこの遅刻の回数、どれっだけ偏差値の低い学校でもあなたを推薦できるところはありません、と。

私はそれまでずっと、なんの根拠もなく、自分をできる生徒だと思っていたのだった。成績もそこそこよく、目立たない地味な優等生だと。どこに出しても恥ずかしくない生徒だと。推薦できる学校などウハウハに多くて選ぶのが困るほどであろうと。教師の言葉に、敗北感というのか挫折感というのか、とにかく悪しき意味合いで目から鱗が落ちるようなショックを味わった。私は自分が思っていたよりも馬鹿で、阿呆で、ふてぶてしく、鈍く、しかも恥を知るべき自信家なのだと生まれてはじめて知った。そしてその自分から逃げるようにもぐりこんだ憧れの洋館は、どこにでもある、そのなかに面倒な人間関係や珍妙な性癖なんかをちりばめた、ごくふつうの茶店なのだと、とうに気づいていた。

額に汗して弁当を食べ、ぬるくなったジュースを飲み、私は川の表面を見つめる。ちらちら光る川面は、人生というものはすばらしい奇跡に満ちているのよと諭しているように思えた。私は目の前に流れ続ける川に向かって、尻の下の石を幾つも投げこんだ。

夏休みの終わりごろ、ワカちゃんが急に店にきた。水を持っていったらワカちゃんだった。私を見、無愛想にワカちゃんは「よ」と言った。私はこの店にすでになじみ、みんなから信用され、何もかも任されているのだと彼女に見せつけたくて、無断でケーキを三つサービスした。チョコとチーズと果物のタルトだ。ここで作ってるの、と私は自慢げに言った。いつも手伝ってるからもうすぐ私も作れるようになると、そんなことを言いながら、私はこうして虚言癖を身につけていくのだろうかとうっすら思った。

五時に仕事が終わるのを、ワカちゃんは待っていてくれた。私たちは並んで川べりを歩いた。BMXの子は今日も練習していて、バーベキュー隊はあちこちで片づけをはじめていた。陽はまだ高く、川は相変わらず光りながら同じ方向に流れていく。

「私受験するのやめたの」ワカちゃんは言った。「花嫁修業をしてお嫁にいく」

隣を歩くワカちゃんをのぞきこんだ。ワカちゃんまで虚言癖かと思ったのだ。しかしワカちゃんは、何か決意の満ちたかたい顔をしていた。

「相手の人、もういるの」私は訊いた。

「いる」ワカちゃんは答えた。「夏休みに入ってすぐ出会った。十五コ年上の人」

その衝撃的な恋愛話について、無数の質問が胸の底からあふれ出てきたのだが、しかし同時に、私の知りたいことはなんにもないような気もし、結局私は「そう」とうなずいただけだった。

「あなたはどうすんの?」ワカちゃんは私に訊いた。

「アルバイトでお金貯めて、世界じゅうを放浪する」私は言った。ワカちゃんは笑わなかった。だから私は正直に告白した。「うそ、ごめん。どっか受験する。私なんだか頭悪いらしいし、うち浪人とかさせてくれないから、しょぼいとこしかいけないだろうけど、でも大学生になる」

「そっか」ワカちゃんは言った。「うん」私はなんとなくうなずいた。

私たちは以前よくそうしていたように、河川敷に座り、目の前を流れる多摩川を見つめた。ほんの数カ月前は、話すことが尽きなかったのに。夜が降りてきて相手の顔がぼんやりしか見えなくなって、それでもまだ話したりなくて、夜には電話までかけあっていた。何をそんなに話すことがあるの、と母は呆れて言った。そして今、私も同様のことを思っている。いったい何をあんなに話すことがあったのだろう。

私たちはぽつりぽつりと会話しながら夕暮れまでそこに座り、どちらからともなく立ち上がって駅を目指して歩いた。突然、勢いよく私を見、強い口調でワカちゃんが言った。

「進む道は違ってもあたしたち、いつまでも友達でいよう」

私はその言葉にものすごく感動し、交わす言葉がないことばかり意識していた自分を恥じ、

「うん、うん、そうしよう」何度もうなずいてみせた。

しかし結局、夏休みがあけて以降、ワカちゃんとはほとんど顔を合わせなかった。

私もワカちゃんも、二学期からは熱心に登校しなかったのだ。橙の家は、ケーキ三つの無断持ち出しがばれ、とうにクビになっていた。

ときおり私は卒業以来会っていないワカちゃんのことを思う。私の空想のなかで、ワカちゃんはしあわせなおかあさんで、橙の家みたいな喫茶店でうつくしい主婦友達とお茶を飲んでいる。ワカちゃんを思うことは、遠くうつくしいおとぎ話の主人公を思うのに少し似ている。

消えない光

第一章

　通りかかった車内販売のワゴンを呼び止め、須田凜子は缶ビールといかのくんせいを買う。

「ええ、まだ飲むの？」隣の席の木村耕平が不安げな声を出す。

「飲むよ。飲まずにやっていられるかっての」凜子はワゴンを押す女性に紙幣を渡し、受け取った釣りを財布に戻すやいなや、ビールのプルタブを開ける。窓際には、つぶれた空き缶が、すでに四本のっている。窓の向こうで、空はどんよりと重たい色をしている。新宿に着くころには雨が降り出すだろうと凜子は思い、そのことにもうんざりする。

「新宿に着くの、昼前だろ？　ちょっとデパート見ていかない？」

凜子の機嫌をとるように耕平は言うが、それを聞いてよりいっそう凜子は機嫌を悪くする。

「何よデパートって。デパートで何すんの」

「いやあ、だから、おかあさんが言ったようにさ……」

た」

「冗談じゃない！」

凜子は思わず大声を上げ、斜め前に座っていた乗客が驚いてふりかえる。

「あんな人の言うこと、聞くことないんだよ。あんな低俗な人間だと思わなかった」

吐き捨てるように凜子が言うと、耕平はため息をついて黙りこむ。

「耕ちゃんにもいやな思いさせて悪かったよ。ほら、いかくん食べなよ。ビールも飲む？」

「でもおれ、おかあさんの言うこともっともではあると思うよ」

「どうして耕ちゃんはいつもそうやって！」とまた怒鳴りかけ、凜子は言葉をのみこむためにビールをあおった。ここでまた大声を出して、乗客たちの視線を浴びることもない。

「ちょっとトイレいってくる」

凜子は飲みかけのビールを耕平に渡し、立ち上がりよろよろと通路を進んだ。トイレに向かいながら両側の座席をちらちら盗み見ると、どの席にもカップルばかりが座っている。金髪男にしなだれかかる縦巻きカールの女。手をつないで眠るおとなしそうな男女。おだやかに談笑している白髪の夫婦。まったくロマンスカーというだけあって、ロマンス電車だわ、と毒づくように凜子は思う。みな箱根に一泊して、これから家に帰るのだろう。

自動ドアを抜けるとき、ちらりと凜子はふりかえる。不思議に思う。みなどうやって、ロマンスと非ロマンスのバランスをとっているんだろう？　非ロマンスとはつまり、生活とか経済とか、自分の馬鹿な両親とかのことだけれど。凜子はちいさくため息をつき、揺れる電車にバランスをとりながら、トイレへ向かう。

昨日、凜子は耕平を紹介するべく小田原の実家に帰った。耕平とは結婚するつもりだった。前の週の土曜日は、東京のはずれにある耕平の実家を訪ねた。耕平の両親とも、自分と年齢が変わらないのではないかと思うほど精神的に若く、自由でいいかげんな人たちだった。夕食時に凜子と耕平を居酒屋に連れていき、おお、結婚、いいぞいいぞ、と耕平の父親は大はしゃぎした。結婚前に半年でもいいから同棲しなさい、と耕平の母親は真顔で言った。結婚してからこんなはずじゃなかったと後悔するより、結婚前のお試し期間で判断しなさいと凜子に言い含め、それじゃ、おれと結婚したら後悔するって決めつけてるようなもんだよ、と耕平は笑っていた。耕平の父は居酒屋の小上がりで陽気に歌い出したし、耕平の母はだれよりもたくさん酒を飲んで豪快に笑っていた。そんなすべてが凜子には好ましく見えた。気が弱くて、そのわりにはのびやかで、人を思いやることを知っている耕平は、こういう人たちに育てられたから、そのように成長したんだなあと、凜子は深く納得し、耕平のことが一段と好きになった。

それに比べ、自分の両親はまったくひどかった。凜子の父親は、耕平と凜子を和室に正座させ、「話ってのはなんだ」と居丈高に言い放った。母は母で、お茶だけ出して父の隣につんとすまして座っていた。

凜子さんと結婚させてくださいと耕平が頭を下げると、まずは質問攻撃がはじまった。そのときのことを思い出すと、あまりの恥ずかしさに凜子の顔が赤くなる。

出身地は。親の仕事は。きょうだいの有無は。出身高校は。出身大学は。専攻は。きょうだいの出身校とその専攻は。

質問のあまりの下劣さに、凜子はただうなだれていたのだが、耕平は笑顔でのんきに答えていた。ここまではよかった。さらに、職業は……と質問は続き、「いや、あの、アルバイトです」と相変わらずのおおらかさで耕平が答えたところから、質問はほとんど攻撃になった。

二十五歳でなぜ未だにアルバイトなのか。なぜ就職しなかったのか。就職活動をしなかったのか、それともしたもののすべて落ちたのか、アルバイトで生活をどのように運営するのか、そもそもきみは結婚をなんだと思っているんだね！

それでも耕平はえらかった、と凜子は思う。どの質問にも、みるみるうちに険しくなる父の表情にも、恫喝とも思える大声にも動じず、最初とまったく同じおだやかな笑顔で、それらひとつひとつに答えていったのだから。

まあまあおとうさん、お食事、いただきながらにしましょうよ。と母がとりなし、来客の際はいつもそうするように、近所の寿司屋から出前をとった。三十分後には和室のテーブルに寿司桶が並んだのだが、ビールも酒も出てこない。さめた湯飲みがあるだけ。気が弱いわりにのびやかな耕平は、「ビールかなんか、ありますかね」と母に訊き、またしても父にぎろりとにらまれていた。ビールは出てこなかった。凜子の父も母も下戸であり、酒の飲める凜子の姉はとうに家を出てしまっていて、須田家には酒類と呼べるものは料理酒しかなかった。

食事のあいだは通夜のようだった。食事中は私語厳禁、という風変わりな実家のルールを、凜子は嫌悪感をもって思いだしていた。食事が終わると、結婚を認めたわけではないんだけれど……とわざわざ前置きして、今度は母の質問がはじまった。

お式はどこで挙げるつもりなの？　結納はどこで、どのくらいの規模でやるの？　婚約指輪はもう渡したの？　新居はどこで、どのくらいの広さのお部屋にするの？

賃貸にするのそれとも分譲に？　生活費は……、さすがにそのへんで凜子が止めに入った。

そういうの、ぜーんぶやらないの。だいたいね、結婚が家と家のものだって考え方がおかしいの、個人と個人の問題でしょ？　だから結納も式もやりません、ばっかばかしい。耕平の両親は諸手をあげて賛成してくれたわよ。それに認めるも認めないも、私たちは結婚するから。

父親はむっつりと黙りこみ、母は薄く口を開けて凜子と耕平を交互に見た。

そこまでは、それでもまだよかった。そういう家で育ち、十八歳で姉と同じくさっさと家を飛び出した凜子の、じゅうぶん想定範囲内だった。いちばんの問題はそのあとである。

「あなた」ふと母が、テーブルに置いた凜子の左手をつかんだ。「もうこんなところに指輪なんかしているけれど、これは婚約指輪なの？」凜子の手を自分の目の前にかざすようにして、まじまじと眺めている。

「そうよ。私たちはもう婚約したの。反対するならすれば。勝手に結婚するから」凜子は吐き捨てるように言った。母が矢継ぎ早に反論してくるのを身構えたが、しかし母は、凜子の左手をまじまじと見たまま、哀れむように言ったのである。

「なんて気の毒な子。まるでおもちゃみたいな指輪じゃないの。これが婚約指輪なんて、あなた、おもちゃみたいな婚約だって言われてるようなものじゃないの……」そうして凜子をしげしげと、幼い子どもを心配するような顔で見つめ、言ったのだ。「凜ちゃん、一生のことなのに、本当にそれでいいの？」と。

凜子はその場を飛び出して、かつて自分の部屋だった二階の洋間に飛びこみ、泣いた。馬鹿にされたのがくやしかった。自分の結婚を、両親が祝ってくれないことがかなしかった。耕平の親のようなおおらかさがないのが恥ずかしかった。だから、そのあと両親が耕平に出した条件とやらを、凜子は今朝、家から小田原駅に向かう途中、耕平自身から聞いた。

就職をすること。きちんと式を挙げること。２ＤＫ以上の部屋を借りること。五年以内にマンションもしくは一戸建てを購入すること。生活費をきちんと入れること。まともな婚約指輪を買うこと。もちろん結婚指輪も用意すること。

それらすべて、馬鹿馬鹿しいからやめようと、数週間前に二人で決めたことばかりだった。

トイレから出て、洗面所で手を洗いながら凜子は鏡をのぞきこむ。昨日泣き続けた上、ビールを続けざまに飲んでいるから、顔は赤くはれぼったい。凜子は濡れた手を目の前にかかげる。左手の薬指にはまっている銀色の指輪をじっと見る。二人で中華街にいったとき、アジア雑貨の店で耕平が買ってくれた指輪である。そのあとにいった飲茶の店で凜子は早速指輪をはめて、婚約指輪だね、と笑った。いつか、もっといいのを買うよ、と耕平は言った。いいよそんなの、そのいつかのころには、きっと結婚してるもん。そっか、そうだよね。そう言い合って、「ほんでは、婚約おめでとう」自分たちで言い合って、ビールジョッキをかちんと合わせた。

凜子には、とくべつな思い出である。値段ではないし、段取りでもない、そんなものよりもっとたいせつな記憶なのだ。それを母親が、こなごなに砕いてしまったように凜子には感じられた。

席に戻ると、耕平は窓の外を見ながらいかくんを食べていた。

「雨、降ってきたよ。新宿着いたら、京王か小田急で昼ごはん食べて、それからちょっとアクセサリー売場、見てみない？」

耕平はまだそんなことを言っている。母の無神経な一言に、きっと耕平も傷ついたのだろうと凜子は思い、かなしくなる。あのババア、ぜったい許さない、と心のなかで毒づく。

「ねえ、耕ちゃん。私たち二人で決めたじゃん。私たちはいっしょにいたいから結婚するんだよ。ほかの人がやってるような無駄な段取りは、何ひとついらないって、相手がそこにいればいいんだって、決めたじゃん。あんな馬鹿親の古くさい説教なんか聞き流して、私たちのやり方でやろうよ」

「馬鹿親なんて言うもんじゃないよ」

凛子は耕平の言葉を無視して、そうして決意のこもった目で耕平を真正面から見据える。

「それでもし向こうが結婚を認めないって言うのなら、私、あんな親とは縁を切るよ。耕ちゃんとだったら駆け落ちだって辞さない覚悟だよ」

「何もそんな……」

耕平は困ったような顔で笑う。気が弱くて、そのわりにはのびやかで、人を思いやることを知っている。耕平の美点は、ときに私をひどく苛立たせる。凛子はこっそりそう思い、水滴を貼りつけていく窓に目を向ける。

第二章

落合武史と落合芳恵は、ダイニングテーブルに置いたレポート用紙を見つめ合っている。レポート用紙には、車、部屋、液晶テレビ、ステレオセット、ソファ……と単語がずらりと並んでいる。

「あとは、ほら、食器」武史が言い、

「そうね、安物はどうでもいいけど、高価なものだけ書こうか」芳恵はうなずき、マイセンのペアカップ、伊万里の小鉢セット、白磁大皿、スージー・クーパーと書き入れる。

「なんだ、そのスージーなんとかって」

「やあね、食器。毎朝それでコーヒー飲んでトーストのせてたでしょ」

「ああ、あの」

「それからCDなんだけど、あれは比較的分類がかんたんだけど、いっしょに買ったものもあると思うのよね」

「ザ・バンドの二枚組」

「そうそう。あとレッチリぜんぶ」

「じゃ、書き出そう、それも」

「ずいぶんになるわね。ねえ、ワイン開けちゃおうか」

「そうだな、まだ早いし」

時計を見上げ武史が言う。芳恵は立ち上がり、食器棚にしまいこんであるワインを取り出してくる。オープナーといっしょに武史に渡し、グラスを用意する。台所から窓の外に目をやると、雨が降り出していた。水滴がびっしりと窓に貼りついている。芳恵は窓から目をそらし、冷蔵庫を開け、すぐ食べられそうなものをいくつか取り出す。

「なんだか、引っ越しの算段してるみたいね」カウンターキッチンで、蒲鉾に包丁を入れながら、芳恵は笑う。

「引っ越しだろう」ぽん、とコルクが抜けるかすかな音が聞こえる。

「そうじゃなくて……なんだかこれから二人で新生活をはじめるみたい」

「新生活をはじめるんじゃないか」

「だから、そうじゃなくって」

「わかるよ、きみの言いたいことはさ。でも、こういうのも、なんかいいと思うけど」

芳恵は顔を上げ、テーブルにつく武史を見る。武史は真剣な顔をしてグラスにワインを注いでいる。白熱灯の明かりの下で、赤ワインは鮮やかな輝きを見せている。

「本当だね、こういうのも、いいと思うよ」まだ二人の共有物である白磁の大皿に、チーズと生ハム、韓国海苔、蒲鉾とわさび漬けをのせながら、芳恵はつぶやく。本当に、こんなふうなおだやかな別れがあってもいい、と芳恵は思う。「へんな取り合わせだけど、残りもの」大皿をテーブルに運び、グラスを手に取る。

「じゃ、とりあえず」いつもと変わらず武史は言い、

「はい乾杯」何十回、ひょっとしたら何百回もくりかえした、さほど意味のない挨拶をして、芳恵はワインを口に含む。

武史と結婚したのは八年前、芳恵はまだ二十八歳だった。ガイドブックの編集をしていた芳恵は、取材先の沖縄で、旅行中の武史に会った。市場の上にある食堂で相席になり、なんとなく言葉を交わして別れた。数週間後、信濃町のカレー屋に入った芳恵は、案内された大テーブルの向かいに座った男を見て、あんぐりと口を開けた。沖縄で会った武史だった。武史も芳恵に気がつくと同じようにぱっくりと口を開けた。そして同時に笑いだした。

何かの縁だからと名刺交換をし、数日後、二人で飲みにいった。武史は外苑前にある建築事務所で働いていたが、信濃町のカレー屋は学生時代から通っているのだと言った。そのカレー屋に、たまたま取材の帰りに芳恵が立ち寄ったのだった。二度続いた偶然は、芳恵には運命に感じられた。武史にもそうだったのだろう、すぐに交際をはじめ、一年もたたないうちに籍を入れた。結婚式も挙げずパーティも行わなかった。式場やレストランの予約待ちなんかしていられなかった。一刻も早く運命を自分たちのものにしてしまいたかった。

「じゃ、決めていこうか」

乾杯をし終えると、レポート用紙に目を落として武史が言った。

「うん、決めていこう」

チーズをかじり、芳恵もレポート用紙を見つめる。

「車はあなたが持っていったらいいよ、そのかわりテレビをもらってもいい？」

「そうだな、きみに車を譲るってのは、無差別殺人の権利を与えるようなものだからな」

「ひどいこと言うわね。まあ、自分でもそう思うけどさ。問題は部屋よね。売る？」

ないだろ？」

「きみが住んでてもいいよ。ローンも引き受けることになるけど、払えない額じゃ
「そうねえ、買いたたかれるよりはそのほうがいいのかな」

「ステレオはおれが持ちこんだものだから持っていくけど、いいよな？　この部屋にきみが住むのなら、ダイニングセットとソファはこのまま置いていくよ」

「ソファは持っていってもいいよ、新しいの買いたいし」

ひとつ決まるたび、武史はボールペンで「芳」あるいは「武」と書き入れていく。ボールペンを握る武史の指を眺めて、自分が満ち足りた気分でいることに芳恵は気づく。別れるにあたって、共有物を分ける算段をしているというのに、何かすばらしい未来に向けて緻密な計画を立てているように、芳恵には思えた。別れることを決めた日からずっと、心が半分もぎ取られたような不安と心細さと、さみしさと痛さを感じていたというのに。いや、それは依然として今も芳恵の内にあるのだが、満ち足りた気分はそれをすっぽりと覆っているように感じられた。

「嫌みに思わないでね」前置きしてから、芳恵は言った。「こんなにうまくいっているのに、なんで別れることになったんだろうね、私たち」

武史は顔を上げ、ぼんやりとした表情で芳恵を見た。何が起きているのかまった

くわかっていないような顔に見えた。

「本当だよな」

武史はレポート用紙に視線を戻しながらちいさく笑い、「で、レッチリはどうやって分けようか」指のあいだでくるりとボールペンをまわして、言った。

ともにはじめての結婚なのだから比べようがないが、しかし八年前にはじまった結婚生活はこれ以上ないほどうまくいっていた。なんでもかんでも話し合って決めた。新居は二人で不動産屋をまわって、互いの職場の中間点にある賃貸マンションを借り、休みの日ごとに家具屋をまわってひとつずつ家具をそろえた。カーテンの柄まで二人で話し合って決めた。生活がはじまれば、食事はだれが作るか、掃除は週に何度するか、洗濯は……と、どんなにささいなことでも話し合った。意見が分かれたときも妥協案をなんとか見出した。

一年もすると生活は、暗黙のルールだらけになった。車や電化製品、大きな買いものは、それをより必要なほうが多く出して購入する。二人ともが必要とするものは折半して買う。メールで連絡を取り合って、早く帰ることのできるほうが食事の支度をし、しなかったほうが皿を洗う。どちらも遅いときは次の日の朝食を必ず二人で食べる。ゴミ出しは武史がやり、アイロンは芳恵がかけ、洗濯は休日にまとめて二人でやった。夏には休みを合わせて短い旅行をし、正月には毎年交互に互いの実家に泊まりにいった。

そんな話をすると、芳恵の女友だちは「決まりごとだらけでよく息が詰まらないわね」と言ったが、芳恵には、それらの細かい決まりごとこそが日々をスムーズに、暮らしやすくしていると思えた。二人で決めたことだから不平や不満はなかったし、不便が生じればまた話し合って決めなおせばいいだけのことだ。友だちの言う「息が詰まる」感覚は、自分たちの暮らしには皆無だと芳恵は思っていた。その間、武史は友人とともに独立して建築事務所を立ち上げ、芳恵は編集部で主任という肩書きをもらった。

二年前、頭金を出し合って分譲マンションを買った。これもさんざん話し合い、モデルルームをいっしょにまわって比較検討をくり返した結果だった。またもやカーテンの柄から話し合い、いっしょに歩きまわって決めていった。新居のなかをひとつずつ整えていくのは、億劫でも気詰まりでもなく、結婚した当初にもう一度戻るような、興奮的に楽しい日々だった。

二人の意見で新居が整い、新しい生活が秩序を持ってまわりはじめてしばらくののち、なんとなくおかしくなった。何がおかしくなっているのか、芳恵にはわからなかった。

新居に引っ越すのと前後して、それまでわりと余裕のあった武史の仕事が忙しくなってきた。主任になってから忙しくなりはじめた芳恵とは、ほとんどすれ違いになった。夜の十二時に帰っても武史が帰宅していないことはざらで、深夜三時ごろ、芳恵は武史が風呂を使う物音を夢のなかでのように聞いた。当然翌朝武史は眠っており、「別々に夕食をとった翌朝はいっしょに朝食」のルールはなし崩しになった。しかしながら、すれ違いの生活を支えたのもまた、数々の決まりごとであった。少なくとも、芳恵はそう思っていた。

芳恵が出張から帰ってくると、武史の姿はないが洗濯物はきちんとそれぞれの場所におさまっていた。ゴミがたまることもなかった。武史が日曜出勤のときは、芳恵は朝から部屋じゅうを磨き上げ、ていねいにアイロンをかけた。二人がそれぞれ決まりごとを守っているせいで、部屋が荒れすさむことはなかった。そこにはいつも生活の、ともに暮らす相手の気配があった。

しかし気がつけば、そこには気配しかなくなっていた。だれもいない部屋で、決まりごとだけが宙に浮いたように存在していた。ゴミは出され、洗濯物はたたまれ、たまった新聞は紐で結われ、乾燥機の食器は食器棚におさまり、そして武史はいない。芳恵は朝食を作り、切れたコーヒー豆を補充し、部屋に雑巾掛けをする。そこに武史のいない静かな家のなかで。

これってひとり暮らしとおんなじじゃないの。やはり武史のいない日曜、窓ガラスを拭いていた芳恵はふいに思った。いっしょに暮らしている意味がどこにあるの？

生活を滞りなくまわしてくれるいくつものルールは、二人のあいだに不可思議な距離ができてしまったことを、律儀に伝えてくれた。

それでも、そのことにしらんぷりはできたはずだった。時間がたてば、双方の多忙さも落ち着くはずだった。決まりごとをそれぞれ守りながら、そのときを待てばよかったのだ。

三カ月前、よく晴れた日曜日、ひさしぶりに二人そろった休日になった。「ひさしぶりなんだから映画でも観にいかない？」と朝食の席で芳恵は誘った。うん、いいね、と武史は答え、パソコンを検索し上映中のロードショーをさがした。ハリウッド映画を観たいと芳恵は言い、スウェーデンのカルト映画を観たいと武史は言い、どちらを観るべきか、例によって話し合った。「じゃあきみの観たいものにしよう」と武史が言い、「いいよ、そっちのにしよう」と芳恵が言い、二人はぼんやり顔を見合わせた。その一瞬の間に、自分たちの関係が以前とはまったく異なってしまったことに芳恵は気がついた。武史も気がついた、ように芳恵には思えた。

　二人とも決まり悪くパソコン画面に顔を戻し、以前からそうしていたように、妥協案として、ハリウッド映画でもカルト映画でもない、邦画を観ようということで話し合いは結着した。朝食を片づけてそれぞれ出かける支度をして、あとは靴を履くだけという段になって、こらえきれず芳恵は言っていた。「ねえ、そんな映画、私もあなたも観たくないわよね？」武史は笑いだし、芳恵も笑った。

「映画をとくに観たいってわけじゃないんだよ」武史は言いづらそうに言い、「出かけるのはやめて、掃除でもしようか」と笑顔で言った。結局、その日映画を観にいくことはせず、ルールどおり二人で掃除をしたのだが、その最中、芳恵は叫びだしたい衝動に幾度もかられた。掃除でもしようかと言ったときの、諦めたような何か捨ててしまったような、武史のやけにさみしげな笑顔がずっと頭にこびりついていた。

　掃除を終えて近所のスーパーマーケットに買いものにいった。夕食は芳恵が作り、洗いものは武史がした。武史が果物をむき、テレビを見ながら二人でそれを食べた。芳恵が風呂を洗って先に入り、武史が続いて入浴した。すでに確立した決まりにならって行動しながら、二人のあいだにはほとんど会話がなかった。

「別れたい、かもしれない」と武史が言ったのは、次の週の日曜日だった。芳恵は別れることまで考えてはいなかったけれど、そう言われるのはわかっていたような気がした。

「どうしてそう思ったの?」と芳恵は訊いた。

「なんていうか、だれかと暮らしている気がしない。だれかと暮らしている気がしないのに、必死に家事やってることが、なんていうか、しんどくなってきた」と、芳恵が考えていたことと同じことを武史は言った。それから、武史はちいさくつけ加えた。好きな人がいるんだ、と。

それもまた、さもありなんと思っている自分に、芳恵はショックを受けた。驚いていない自分にではなく、好きな人がいるという発言にショックを受けたふりをして、あれこれと芳恵は質問をした。そういう場面にありがちな質問。もうつきあっているのかとか、別れたらその人とやりなおしたいのかとか、いつどこで知り合った人なのかとか、自分になくて彼女にあるものはなんなのか、とか。武史は(芳恵が思うところの)武史らしい誠実さで、それらにひとつひとつ答えた。相手は、建築関係の展示会のとき受付にいた三十歳の女の子で、数人で食事にいったが交際には至っておらず、また別れてその子とやりなおしたいという具体的なことを今自分は何も考えていない、芳恵になくて彼女にあるものは「暇」であるらしかった。ひとつひとつ誠実に答えたあとで、武史は、「問題はでも、その子とおれがどうにかなるとかなりたいとかそういうことではなくて、だれかほかの人に目が向いちゃった、ということだと思うんだ」と言い、それに芳恵は至極納得した。納得している自分に、またショックを受けたのだが。

別れないための方法はいくらでもあるように思えた。たとえば仕事を変える、もしくは減らすことを芳恵は考えた。仕事量を減らしてほしいと武史に懇願することも考えた。あるいはルールのいっさいを無にすることも考えた。しんどいくらいなら荒れすさんだ部屋で暮らそうと提案することを考えた。子どもを作ってみようかとも考えた。

しかし、それからさらに一週間後、「別れることにしよう」と芳恵は承諾した。

武史の言っていることは本当によくわかったし、言われてみれば、ルールだけが空まわりしているような今の暮らしは、自分にとってもしんどいのだと気づかざるを得なかった。そのしんどさは、たとえば仕事を減らしてもルールをなくしても、残り続けるように思えた。

私たちはいっしょにいてももうどこにも向かわないんだ、と芳恵は思った。ひとりとひとりならば、どこかに向かうことができる。ただいっしょにいれば、この場で足踏みをしているだけ。私たちはよきルームメイトにはなり得たが、家族になることができなかった。そんなふうに芳恵は思い、以前女友だちの言っていた「息が詰まる」ということを実感した。別れてしまえば、自分も彼も、もう少し楽に呼吸できるような気がした。

離婚することが決まってから、皮肉なことに、またしても武史と話し合う日々がはじまった。芳恵も武史もできるだけ時間をやりくりして家に帰るようにし、結婚したばかりのころみたいに、食卓を囲み離婚に向けての現実的な算段をつけた。あまりにも話はなめらかに進み、終始なごやかなムードだったので、何について二人で話しているのか、ときどき芳恵は忘れた。

ワインがほぼ一本空くころ、レポート用紙にびっしりと羅列された物品には、およそ「芳」か「武」の文字が入った。ルールを決めたときのように、話し合いはスムーズに進んだ。どちらが持っていくか迷うものは譲り合い、どちらも不要なものは粗大ゴミの手配をすることになった。順調にいけば、梅雨が明けるころにはそれぞれ新しい生活をはじめることができる。決まりごとの何ひとつない生活。

「明日、帰り、遅い？」レポート用紙を眺めながら武史が訊く。

「七時半には出られると思うけど」

「そしたら、八時ごろ待ち合わせて飯食わない？　ほら、前にいこうっていってた韓国料理屋」

「いいね、あなたは平気なの？」

「うん、早く終わらせる。せっかくだから、いっておきたいなと思ってさ」

テーブルで向き合って、芳恵と武史はちらりと目を合わせ、照れたように笑う。

芳恵はレポート用紙を両手で持ち上げ、しげしげと眺める。芳、武、というマークを眺める。分けることを目的にこんな表をわざわざ作ったのに、こうしてなんでもかんでもきっちり分けられてしまうと、さみしいような気がした。最初から自分たちが混じり合わなかったのだと、その紙に言われてしまったような気がした。

「ねえ、最後にひとつ、お願いがあるんだけど」

たぶん、そんなふうに切り出したのは、そのせいだろうと頭の隅で芳恵は思う。何か、分けられないもの、私たち二人がともに持っていられるもの、ともにいたという証拠となるものを、本当は心の底から欲していると、芳恵は心の隅で気づいた。

「何？　最後ときちゃ、きかないわけにはいかないな」

「じゃあ明日、もっと早く編集部を出るから、韓国料理屋にいく前に待ち合わせしてくれる?」

芳恵と武史はそれぞれ手帳を開き、明日の待ち合わせ時間と場所を書きこむ。まるでデートの約束をしているみたいに。

第三章

そんなもんいらない、ぜったいにいらない、と言い張っていた凜子だが、いざデパートのジュエリー売場に足を踏み入れると、動物園にきた幼児のように目を輝かせ、ガラスケースにぴたりと顔をつけて離れない。うわあ、きれい、かわいい、すてき！　と、目を見開いて感嘆の声をあげている。そんな凜子の姿を見ていると、やっぱり無理にでもひっぱってきてよかったと、耕平は思うのだった。

凜子の実家から帰った日、どんなに誘っても凜子はデパートのジュエリー売場には足を踏み入れなかった。それから幾度か誘ってみたが、「馬鹿親の言いなりになんかならない」の一点張り。ようやく今日、「凜子の誕生日プレゼントの下見にいこう」と誘い出したというわけだった。凜子の誕生日までは、あと二カ月ほどもあるのだが。

金曜日の夜のデパートは混んでいた。ジュエリー売場も混んでいた。ガラスケースの前に群がるのは若いカップルばかりである。どのカップルも、女の子がガラスケースに額をつけんばかりにしており、男の子が手持ちぶさたにその背後に控えている。耕平もやっぱり凜子の後ろに立ち、きれいだのかわいいだのという凜子の声を聞いている。隣に立つ鼻ピアスの男と目が合い、おたがいなんとなく気まずく目をそらす。

ねえ、これ、かわいくなあい、と、凜子の隣にいた女がふりむいて鼻ピアスに話しかける。おお、いんじゃね、と彼は気のない返事をしている。凜子の反対側にいた女の子が、値札のついたデザインリングをはめて、やっぱり背後に控えていた恋人にそれを見せている。ふうん、いくら、と恋人はリングについたちいさな値札をひっくり返し、まあ、いいかもね、それくらいなら、と尻ポケットから財布をとりだしている。

「なあ、上の階にもあるから、そっちいってみない?」

なんとなくその場にいるのがいやになって耕平は凜子に言った。女の子がアクセサリーをねだって、男の子が心の内でそろばんをはじいて、購入可かどうか見極めて買っていく、その場でくりひろげられているたくさんの光景のなかに、混じりたくないという気持ちが耕平にはあった。だって、そういうのじゃないんだから。おれたちは一生に関わるものを選びにきたんだから。耕平はそんなふうに思う。

「上の階って、耕ちゃん、上の階は高いんだよ。服だってなんだって上の階にいけばいくほど高くなるんだよ」という凜子の腕を引き、「いいから、いこう」耕平はその場に群がる数多のカップルたちから離れる。

凜子の実家にいったのは一カ月ほど前だった。馬鹿親の言うことなんか関係ないと凜子は言ったけれど、彼らの言ったことを思い出すにつけ、そりゃあそうだよなあ、と耕平は思いはじめた。就職すること。結納もすること。結婚式も挙げること。分譲マンションを買うこと。分譲マンションはともかく、就職や式に関しては、彼らの言い分が正しいように思えてきた。

耕平の父親は売れない脚本家で、母親は自然食品を売る店を友人と経営している。脚本家になる前の父は、脚本家よりさらに売れない俳優だった。結婚する前の母は、ヒッピーというのかバックパッカーというのか耕平はよく知らないが、小汚い格好で世界を貧乏旅行してまわっていたらしい。耕平が幼いころ、父はまだ俳優を目指しており、母はまだヒッピー色が抜けず、従って暮らしはたいへん苦しかった。家にテレビがきたのは耕平が七歳のときだったし、近所の野原に、母と夕食のための野草とりにいったことを耕平は未だに覚えている。テレビの到来と前後して、父は俳優業を諦め、知り合いのつてをたどって脚本を書くようになり、母は一念発起して友人と店を立ち上げた。父はともかく、母の店が軌道にのったおかげで、木村家はずいぶんと安定した。今では中古だが一戸建てに住み、中古だが赤いカローラが車庫にある。

ともあれそんな夫婦だったから、耕平は彼らに何か強いられたことがなかった。塾にいったこともなければ、水泳教室に通ったこともない。好きなことを好きなようにしろ、というのが両親の子育てのモットーだった。大学に進んだときは学費は出してくれたが、生活費までは出してくれなかった。大学の近所で下宿生活をはじめた耕平は、だから授業に出ているよりも生活費のためのアルバイトをしている時間のほうが長いくらいだった。もちろん四年に進級しても、両親は就職しろと言わなかった。好きなことを好きなように。そのまま現在に至っている。

だから、凜子の両親は、耕平にとって珍種の人たちだった。ビールの出ない食卓も、だれもしゃべらない食事も、自分に課された各々の条件も、耕平は何がなんだかよくわからなかった。しかし彼らのことを、凜子ほど疎ましく感じることもなかった。おもしろい、と単純に思った。こういう形式張った愛情もあるんだなあ、と思った。彼らのすることも言うことも、いちいち新鮮だった。

好きだからずっといっしょにいたいと思った。ずっといっしょにいるためには結婚だ、と思った。それだけだ。好きという気持ちを、いっしょにいようという決意を、たとえばお金や品物やセレモニーや写真に、わざわざ変換する必要はないと耕平は思っていたし、凜子もそれに賛成した。だいじなのは気持ちだけなはずだと、二人で言い合った。自分たちの愛情と決意は、そろいの指輪よりも引き出物つきの披露宴よりも絶対的に強いはずで、つまりはそうした自信のない人が指輪でたがいを束縛したり、長いローンを組んで家を買ったりするんだと、夢中で話し合った。

けれど凜子の両親に会ってから、本当にそうなんだろうか、と耕平は思いはじめていた。好き、という気持ちだけならば、べつに結婚しなくてもいいはずじゃないか。愛情と決意がそんなに強いならば、籍なんか入れなくたって離れない自信があるはずじゃないか。でも、自分たちは法律に則って入籍しようとしている。

――結婚ってなんなんだろう？

この一カ月、耕平はずっとそう考えていた。結婚というのは、好き、とか、いっしょにいたい、とかの、もっとずっと先にあるものなんじゃないか。その、ずっと先にあるものの正体を、じつはだれも知らなくって、知らないからこそ指輪や結納や式や新婚旅行なんかをするんじゃなかろうか。それらが結婚というものの正体を、わかったような気にさせてくれるから。

そうしてだんだん、凜子の両親が正しいような気が、耕平はしてきたのだった。

形式でしかあらわせない何ごとかは確実にあり、馬鹿馬鹿しいことを承知でその形式にのっかってみるのも、ときに必要なことなんじゃないか。

耕平は凜子にはないしょで就職情報誌を買い、いくつか面接にいってみた。結婚情報誌も買い、結婚式はどこで挙げるべきなのか、それにかかる費用はいくらなのか、調べてみた。住宅情報誌も買い、分譲マンションというのはだいたいいくらくらいで、どのように購入するのかも学んでみた。しかしそれらの雑誌が告げることを要約すると、「結婚は今のところ無理」という結論になった。就職試験には落ち続けているし、凜子の親が納得しそうな式場はこの先半年ほど予約がとれず、しかもそれにかかる費用は耕平ひとりでは三年かかっても用意できそうになく、分譲マンションに至っては、五千万だの七千万だのいう数字が金額を指すものだとはとても思えなかった。

好きだ、の先は、ずいぶんと険しいもんなんだな。耕平はため息をつき、そうして昨日、意を決して銀行預金をすべて引き出した。二十五万八千円。この五年ほど、アルバイトをしながらため続けた正真正銘の全財産である。

その全財産は今、尻ポケットにつっこんだ財布におさまっている。

「ひええ、なんだか緊張するね」

デパート上階の、テナントになったジュエリーショップに足を踏み入れて、凜子はちいさな声で言う。テナント内は広く、ロの字型にガラスケースが並んでいる。やわらかい橙色の明かりがガラスケースのなかのアクセサリーを控えめに輝かせている。ふかふかの絨毯はしっとりと足音を包みこむ。数人の客が物色しているが、一階のように混んではいない。凜子よりよほど緊張して、耕平はぎくしゃくとガラスケースににじり寄る。緊張する、と言っていた凜子は、しかし一瞬で輝くアクセサリーに魅せられたらしく、もう先ほどと同じように夢中でガラスケースのなかをのぞきこんでいる。混雑にも動じずガラスケースの前に陣取ったり、高級店で緊張を即座に解いて店内を小走りに横切ったり、なんていうか、女ってのはずいぶんと幸せな生きものなんだなあと、耕平は凜子の姿を見て思う。

指輪を見ていると、ロの字の内側にいた女性スタッフが、何かおさがしでしょうかと耕平に声をかけた。少し離れた場所でガラスケースをのぞく凜子をちらりと確認してから、耕平は小声で言った。

「婚約指輪なんですけど」

「さようでございますか。ご予算はどのくらいでしょう」

女性スタッフは白い手袋をはめ、ガラスケースの鍵を内側から開けている。

「えっと、あの、あんまり高いのは、ちょっと」

答えながら、耕平は自分がいやになる。安いのをさがしているのだ、という答えもさることながら、びびってまともに答えられないことが恥ずかしかった。しかしスタッフは、だいじょうぶですよ、と言わんばかりににっこりと微笑みかけ、白い手袋をはめた手で、ビロードの敷かれたケースに銀色の指輪をいくつか並べていく。小指の爪よりちいさな値札がめくれて価格が書いてある。顔を近づけ確認した耕平は、うっとうめき声を漏らした。想像を絶して高かったからである。

「婚約指輪って、こんなに高いものなんですか」次々と指輪を並べていくスタッフに、思わず耕平は訊いた。

「いえ、ダイヤの品質によってずいぶん異なりますよ。こちらのはもう少しお安くなってます」

と彼女が指し示す値段を耕平はおそるおそる見る。財布のなかの所持金でなんとかなりそうではあったが、しかし、いかにも大ぶりのダイヤの隣では、その「お安い」指輪はなんだか貧弱に見えた。

「婚約指輪には、あの、ダイヤモンドってのが常識なんでしょうか」

「いいえ。ほとんどの方がダイヤを選びますけれど、ダイヤでなければいけないという決まりはございません。ブルーサファイアを選ばれてもいいと思いますよ。価格もずいぶん抑えられます」スタッフは笑顔で言い、またもや指輪をいくつか並べる。

「でも、あの、そのブルーナントカは、ダイヤを買えない人が買うとか……」

「いえいえ、そうじゃないんです。サムシング・ブルーってお聞きになったことはないですか？　結婚式のときに花嫁は何か青いものを身につけると幸福になれるという言い伝えがあるんです。ダイアナ妃の婚約指輪は、このブルーサファイアだったんですよ」

「へえ、ダイアナ妃が」耕平はダイアナ妃の顔もよく思い出せないのだが、ダイヤより安価な宝石があり、しかもそれはダイヤの代用品ではないと知って、少しばかり安心した。またもや値段を確認しようとちいさな紙片に顔を近づけたとき、

「ちょっと、何見てんの」隣に凜子がやってきた。

「いや、あの」婚約指輪だと言ったら、凜子が騒ぎ出しそうで耕平は口ごもる。

「うわーきれい。これ、ブルーサファイアだよね？　私の誕生石、知っててくれたんだ」凜子は大きく微笑み、

「九月のお生まれなんですね。お試しになりませんか？　やっぱり気に入られたデ

ザインがいちばんですから」スタッフは白い手袋をはめた手で指輪をつまみ、手を出すよう凜子を促す。つられるように凜子が右手を出すと、「婚約指輪ですよね？」とスタッフは耕平に確認した。

「ええ？」とたんに凜子は不機嫌な顔になる。こんなところで喧嘩をふっかけられたらたまらない、と思い、

「いいからはめてみなよ、誕生石なんてラッキーじゃん」誕生石が何かもわからないまま、耕平は言った。

にこやかな品のいいスタッフの前で言い合いするのもみっともないと思ったのか、案外すんなりと中華街で買った指輪を外し、凜子は左手をスタッフに向けた。淡いブルーの石が、凜子の薬指できらきらと光る。

「なんだか自分の手が高級になったみたい」凜子は左手を目線より少し上にかざし、光を楽しむように指をちらちらと動かした。「でもこれ、十万超えてるよ、耕ちゃん」すかさず値札を確認した凜子は、口をとがらせて耕平をにらむ。

「ちょっと待って。なんかこっちのほうがきれいなような気がする」

ガラスケースの上に置かれたビロードのケースに目を落とし、同じくブルーサファイアの別の指輪を耕平は眺めた。

「今はめていただいているのは台がホワイトゴールドなんですが、こちらはプラチナなんですね。そのぶん価格が少し高くなりますけれど、プラチナはたしかに輝きが違いますね。お試しになりますか」

凜子ははめていた指輪をとってもらい、おとなしくプラチナの指輪をはめなおしてもらっている。硬質な印象なのにやわらかい銀色だった。橙色の明かりを吸いこんで、指輪はおだやかな光を放っている。ああ、本当にきれいだな、と耕平は単純に思った。

「これにしなよ」耕平は凜子の手を見つめて言った。

凜子はしげしげと自分の手を眺め、それからごくさりげない仕草で値札を確認し、眉をあげてちらりと耕平を見、

「でも、これって、すぐ黒ずんじゃうんじゃない」諦める口実を見つけるような口調で言う。

「いえ、黒ずむことはありません。プラチナはとても純度が高いんですね、なので今のままの輝きが永久に続くと考えていただいてかまいません。いつも身につけていらっしゃれば、傷がつくこともありますけれど、磨きなおせばすぐに元通りの輝きを取り戻しますから、安心してお使いいただけます」

スタッフは笑みを崩さずなめらかに説明した。ずいぶんとこの人、商売上手だな、と心の隅で耕平は思ったのだが、しかし同時に、永久に続く、という言葉に強く惹かれもした。永久に続く、今の輝き。

「じゃ、あの、これ、ください」耕平は思わず言っていた。

「ちょっと、耕ちゃん」

「えーと、いくらでしたっけ」はたと我に返って、あわてて値段を訊く。

耕平と凜子は別室に通された。机がひとつあるきりのちいさな部屋で、やけに座り心地のいい椅子に腰かけ、耕平と凜子はスタッフが戻ってくるのを待っている。個室の戸は開け放たれて、さっきまで耕平と凜子がへばりついていた指輪のコーナーがよく見える。自分たちより年かさに見える男女が、さっきの耕平たちのようにじっとガラスケースを見下ろしている。

「っていうか、べつに、いいのにさ」凜子がぼそりとつぶやいた。「これで充分だったし」中華街で耕平が買った銀の指輪を、けれど凜子はもう右手に移しかえている。

「結婚なんだけど」いつ言おうかと迷っていたことを、耕平は思い切って口にする。

「もう少し先になってもいいかな」

「え、何それ」

「ちょっといろいろ、ちゃんとしたいと思ってさ」

「何それ、あの馬鹿親の言ったこと、気にしてるの？」

「そうじゃないんだけど」

「そうじゃないなら、何よ」

説明しようとして、耕平は言葉に詰まる。好きという気持ちのもっと先にあるもの、の話をしても、自分が考えたことが考えたとおり伝わるようには思えなかった。凜子にしてみれば、馬鹿親の言いなりになろうとしているとしか思えないだろう。そうじゃなくて、好き、のその先にいきたいんだということを、どんなふうに伝えればいいのか。

ひょっとしたら、というか、確実に、好きという気持ちは永遠じゃないんだ、と耕平は思う。永遠だと信じたいけれど、でもきっと、それは変形したり、黒ずんだり、傷ついたり、あるいは、ぽっかりとなくなってしまう種類のものだ。だからこそ、自分は、好きだ、のその先にいきたいんだ。永遠であってほしいと願っている正真正銘今の気持ちを、変形しないうちに、かたちにしたかった。陳腐でもありきたりでも、馬鹿親の言いなりでも。

でも、そんなこと、言えっこない。恥ずかしいし、なめらかに言葉が出てくるはずもない。

「あの人たちも、婚約指輪かな」

それで、耕平は話題を変えた。開け放たれたドアから見える二人連れをそっと指さす。さっきからずっとそこにいる男女は、べつのスタッフにやはり指輪を見せてもらっている。さっきの自分たちよりは、よほど落ち着いているのがなんだか耕平にはうらやましかった。

「結婚指輪じゃないの？　ほら、二人ではめてみてる」

「ずっとつきあってついに結婚する、って感じだな」

「そうだね、私たちよりずいぶん年上っぽいもんね」

「慣れてるし。金持ってそう」

あまり品がよろしくないとわかっていながら、耕平と凜子は男女を観察してこっそりと言葉を交わした。

ふたりはそれぞれの左手をかざし、たがいの手を見てはおだやかに笑みを交わしている。落ち着きかたや、静けさの感じからして、本当に長いつきあいの二人なんだろうと耕平は思った。結婚しなくてもいいか、なんて言い合って、でも、結婚することにしたのだ。その先にいくことにしたのだ、きっと。

「なんか、いいな」

気がつけば耕平はそんなことを言っていた。

「うん、なんかいいね」

彼らの姿を目で追ったまま、凜子もちいさく言った。そしてふいに耕平のほうに向きなおると、

「どうもありがとう。たいせつにします」と、やけにまじめくさった声で言った。

お待たせいたしました、と、大仰な金のトレイに指輪の箱と紙袋をのせ、スタッフが個室に戻ってくる。耕平は顔を上げ、横目でちらりと店内を見た。指輪を選び終えたらしい先ほどの二人が、別のスタッフに案内されて隣の個室に入るところだった。今度はあの二人みたいに結婚指輪を買いにこられるだろうかと、耕平はこっそり思い、全財産の入った財布を尻ポケットから引っぱり出す。

第四章

指輪を買いたい、というのが、芳恵の「お願い」だった。

　ワインを二人で一本あけて、いつもの習慣のごとく順番に風呂に入り（芳恵が先、武史があと。残り湯は捨ててかんたんに掃除もした）、寝室に向かうと、スタンドライトで本を読んでいた芳恵が、最後に指輪を贈り合いたいのだ、と照れくさそうに言った。

「指輪？」

　ベッドにもぐりこみながら武史は訊いた。いかにも素っ頓狂な話に思えた。あるいは、芳恵のちょっとした嫌みかと疑ったほどだった。何しろ、交際をはじめた当初から芳恵はそういうものを毛嫌いしていたから。アクセサリーを男に贈られるなんて冗談じゃない、と二十代のころの芳恵は言っていた。もちろん婚約指輪も、結婚指輪すらも買わなかった。犬の首輪じゃあるまいし、馬鹿げている、というのが芳恵の意見で、そう言われてみればたしかに、指輪に何十万も使うよりは、大型テレビやオーダーメイドの本棚を買ったほうが賢明だと武史にも思えた。

「さっき、思ったのよ。なんだか、全部分けてしまえたじゃない？　これはどうしても分けられないなあってものがなかったじゃない？　それって、なんだかちょっとさみしいことだなって」

本を開いたまま、ぼんやりした声で芳恵は言った。同じようなことを、じつは武史も感じてはいた。これはきみ、これはおれ、とさくさくと物品を分けながら、二人の記憶のすべてをも、これはきみ、これはおれ、と持ち分を決めているかのような錯覚を味わった。そうして分けて、たがいの荷物を背負って手をふってしまえば、過去も記憶もまっさらになってしまうような。もちろん、離婚というものはさみしいことには違いないのだけれど。

「それで？」武史は続きを促した。芳恵は開いていた本をぱたんと閉じて、

「だからさ、最後に、おたがいに指輪を贈り合いたいな、なんて思ったわけ」

「結婚指輪ならぬ、離婚指輪」武史が冗談めかして言うと、

「そうそう」案外まじめに芳恵はうなずいた。「べつに、結婚指輪みたいに、ずっとはめてる義務はないのよ。ただ、おたがいに買うわけ。しまっておいてもいいし、気が向いたときに、ふつうにアクセサリーをつけるみたいに身につけてもいいし。もしそれぞれに新しい恋人なり結婚相手ができたりしたら、押入の奥にしまってお

いてもいい」

芳恵が口を閉ざすと、部屋はしんと静まり返った。ベッドの背によりかかっていた武史は、体をひねって背後の窓を少し開けた。

「蒸し暑いよね」と言うと、

「うん、ありがと」芳恵は笑った。

遠く、電車が走る音が聞こえた。雨はやんだらしく、雨音はしない。窓からほのかに甘いにおいのするような、湿った空気が流れこんでくる。指輪の話は、嫌みではなく本気らしいと武史は思う。真剣な本気。それで武史も口を開いた。

「おれたち、籍入れるとき、なんにもしなかっただろ」うん、と隣で芳恵がうなずく。「式も、指輪とかそういうのも、なんにも。面倒だったし、自分たちのはじめようとしていることと、そういうなんていうの？　世間の一般常識みたいなものが、ことごとくずれてるような気がしてさ」

「よく話したよね、そういうこと」

「あのときそういうことをしたくないって気持ちは本当だったんだけどさ」

「うん」

「でも、今になって、ちょっと思うな。一個でもやっておけばよかったな、って」

「一個」武史と並んでベッドの背にもたれかかった芳恵は、確認するように武史の言葉をくりかえす。

「うん。指輪買うとか、式挙げるとか、新婚旅行いくとか、なんか、そういうすごくふつうのこと、一個だけでも、しとけばよかった」

「どうしてそう思う？」

武史は笑ってそう答えたが、本音は違った。どうしてそう思うのか、自分ではよくわかっていた。

「どうしてだろうな。年とったのかな。ひよったのかもしれない」

何かがうまくいっていないと思ったのは本当だった。展示会で出会った女性を、好ましく思っているのも本当だった。芳恵に告白したとおり、彼女とはなんにもないのだが、彼女と寝ることを空想したこともあり、もっと悪いことに、彼女と暮らすことも想像したことがある。まじめで、ものごとに誠実に向かい合おうとする芳恵との暮らしよりも、ひっきりなしに煙草を吸って、平気で仕事の愚痴を言う彼女との暮らしのほうが、ずいぶんと楽に違いないと武史はこっそり思ったりもした。そんなふうに比べている自分に嫌悪感を覚えたが、いったん比べてしまうと、今の暮らしが——無人の家でルールばかりが主張しているような生活が、耐え難いものに思われてもきた。離婚したほうがたがいのためだというのは、幾度も幾度も考えた末の結論で、今もそれはかわっていない。芳恵もきっと同じようなことを考えていたのだろう、すんなりと武史の提案を受け入れ、だから今こんなふうになごやかに離婚準備を整えているわけで、おそらくあと数週間のうちには、自分たちはなごやかに、きれいさっぱりと、恨みも憎しみも多大な未練もなく、他人同士に戻っていく。

武史はそれを望んでいたのだし、この奇妙ななごやかさにほっとしてもいたのだけれど、ふと不安にもなるのだった。

こんなふうでいいのかな。結婚の終焉が、こんなにあっさりしていていいのかな。さくさくと荷物を分けて、残念、うまくいきませんでした、さようなら、ですむのだとしたら、おれたちが結婚した意味って、いったいなんだったんだろう。矛盾した気分だということは武史にもわかっていた。修羅場なんかにしてほしくはないのだが、あまりにあっさりしているのもどうかと思う。その程度の話なのだが、さっき風呂に入りながら、もし、と武史は考えたのだった。もし、盛大な結婚式をしていたら。盛大ではなくとも、ウェディングドレスや打ち掛けを芳恵が着ていたら。あるいは、結婚指輪を買いにいって、ああだこうだと店頭で言い合っていたら。タヒチとかモルジブとか、そんな非日常に思えるところに一週間ほど旅行にいっていたら。自分たちの日々の区切りとして、もしそういうとくべつな何かがあったとしたら、きっと今、おれたちの気持ちはそこに戻っているんだろう、と武史は思った。そのときのことを、なつかしく、もしくは苦々しく、もしくは恥ずかしく、もしくはいとおしく、思い出すことができただろう。けれどあんまりにも何もなかったがゆえに、自分たちには立ち戻るところすら見あたらないのだ。

三十年後、四十年後、この最初の結婚について思い出そうとしたとき、自分が思い出すものはなんだろう？　芳恵が思い出すものはなんだろう？　それがもし、きちんと片づけられた無人の部屋だとしたら……それだけだったとしたら……そう思うと、武史はかすかにぞっとしてしまうのだった。

「買おう、指輪。離婚指輪。奮発して」

武史は言った。

「いいよ、奮発なんかしなくたって」

「いや、せっかくなんだから、いいのを買おう」遠足を翌日に控えたようなはしゃいだ自分の声が聞こえ、武史はおかしくなる。「なんだか、離婚の記念に指輪買うって、おれたちらしいよな」

「ほんとだね。素直じゃないところがね」芳恵はおもしろそうに笑って、本をナイトテーブルに置き、ふとんにもぐりこんだ。

「おやすみ」と武史が声をかけると、おやすみい、ともう半分眠ったような声が返ってきた。

デパートの四階にあるジュエリーショップに足を踏み入れるとき、武史は中学生に戻ったみたいに緊張した。何しろ縁のない場所だった。誕生日やクリスマスは、ゲーム機だとか加湿器だとか、そういう合理的なものを芳恵はほしがった。芳恵も緊張しているらしく、

「なんだか仰々しいわね、いちいちが」と小声で毒づいている。

ガラスケースの前で、ずいぶん若いカップルが指輪を試しているのを見て、武史は苦笑する。自分たちより若い子たちのほうが、こういう場所にずっと慣れているのがなんだかおかしかった。指輪を眺めていたカップルは、購入を決めたらしく、スタッフに連れられて別室に向かう。

「あんなところでお会計するのね」芳恵がささやき、

「だな」武史はうなずく。

「あんなに若いのに結婚しちゃうのね」

「ただの誕生日プレゼントかもしれないだろ」

「ううん、きっと結婚指輪よ。若いっていいわねえ、なんていうか、躊躇がなくて」

芳恵のせりふに武史は思わずふきだしてしまう。

「なんだそれ、おばさんみたいに」

「だってなんていうか、突っ走ってる感じがいいじゃないの」

「まあ、それはそうかもな」

「何かおさがしでしょうか」スタッフに声をかけられ、武史はどきりとする。なんと答えようかと迷っていると、

「ええ、あの、指輪を」にこやかにほほえんで芳恵は答えた。

「ご結婚指輪ですか」

「ええ、そうなんです」しれっとして芳恵は答えている。武史は感心して芳恵を見ると、視線に気づいた芳恵はしたり顔でうなずいてみせた。

「何かご希望はございますか」

「そうねえ。飽きのこない、シンプルなのがいいかしら」

芳恵の答えを受けて、スタッフはいくつか指輪を取り出し、ビロードのケースに

並べてみせる。

「いちばん人気がございますのがやはりプラチナですね。ホワイトゴールド、ピンクゴールド、コンビなどもございます。石つきのほうがよろしいでしょうか？　奥さまが石つきを選ばれて、旦那さまが同じ石をリングの裏側に入れる、という方も最近は多いんですよ」

「へええ。でも石はいいわ。ずいぶん値段が違うのねえ」

「そうですね、やはりプラチナになりますと希少性が高いものですから……」

「でもこうして見ると、やっぱりプラチナのほうがなんていうか、いいわよね」

スタッフと芳恵のやりとりを、武史はぽかんとして聞いていた。ナントカゴールドだのコンビだの、なんのことを言っているのかさっぱりわからない。ね、と芳恵にのぞきこまれて、

「はあ？」と間の抜けた声を出す。

「はあ、じゃないでしょうよ。プラチナだと少し値がはるけど、こっちのほうがなんだかきれいよね」

促されるようにして武史はビロードのケースに目を落とす。いくつも並んだ輪っかの違いなど、じつはよくわからなかったのだが、

「うん、まあ、そうだな」適当に答えておいた。

「実際に身につけられると雰囲気が異なりますから、どうぞお試しになってくださいね」

スタッフに言われ、武史はサイズを測ってもらい、芳恵とそろいの指輪を薬指にはめてみた。芳恵がそうしているので、まねして手を頭上にかざしてみる。

「ほら、なんていうかプラチナは銀色に清潔感がある」芳恵は言いながら、かざした自分の手を、武史のそれとぴったりくっつけて並べた。

自分のごつごつした手と、芳恵のちいさな白い手が並ぶ。同じ位置に銀色の指輪がある。目を凝らすと、潔いほど光る銀色の細い面に、並ぶ自分たちの姿がちいさく映っていた。同じように頭上を見上げて並ぶ自分たちの姿を、指輪のなかに見た武史は、どういうわけだか、子どものように泣き出したい気分になった。

奇跡みたいなことだった。好きなんて気持ちを確認するまでもなく、自分にぴったりと寄り添った気持ちで好きだった。運命はあるのだと、こんなに身近なところにあるのだと、かつて武史は思っていた。相手が同じくらい自分を必要としてくれていること、好きだなどと言葉にしなくてもいつも近くにいてくれること、生活を心地よくまわしていけること、ともに囲む朝食の卓が楽しみであること、何時に帰るかメールをもらっただけで安心すること、そんなささいなことが、すなわち武史にとって運命だった。指輪も買わない、式も挙げない、そう意気込んで決めたときは、この人と離れることがあるなんて想像もしなかった。

なのになぜ、自分たちは別れることになったんだろう。どこからうまくいかなくなったんだろう。何がいけなかったんだろう。運命はいつの間に自分たちを解き放ってしまったんだろう。別れようと言い出したのは自分なのに、武史はそんなことをぐるぐると考え続けていた。

「こっちも試してみようか」

芳恵は言い、いくつかべつの指輪もはめてみていた。武史は芳恵とスタッフのするがままにまかせて、指輪をはめたり、外したりをくりかえした。

「さっきのがいいと思うな」

どれがいいか真剣に迷いだした芳恵に、武史は言った。「いちばん最初の、これ」ビロード張りのケースにおさまった、銀色のシンプルな指輪を指す。

「そうですね、やはりプラチナの輝きは永遠ですし、傷がついたとしても磨いていただければ……」

「な、これにしよう」スタッフの説明を遮って、武史は芳恵に言った。

「そうだね、それがいちばんいいね」芳恵は武史に向かって笑いかけた。

輝きが永遠だろうが期限つきだろうが、傷がつこうがつくまいが、かまわない。ただきっと、この銀色の指輪を取り出して指にはめ、それを頭上にかざして見るとき、並んで目を凝らしていた二人の姿を、おれたちは細い銀色のなかに見るだろう。運命がそれぞれべつの相手を引き合わせたとしても、奇跡だと思える関係をそのだれかともてたとしても、三十年、四十年と時間がたっても、きっとこの銀の光のなかに、いっときともに暮らした自分たちの姿を、おれたちはきっと見つけることができるだろう。武史はそんなふうに思った。

「お名前はお彫りいたしましょうか」

「お願いします」武史は言った。ではこちらでお待ちくださいと、スタッフが二人を別室に案内する。そちらに向かって歩いていくと、開け放たれた個室のドアから、先ほどの若いカップルが見えた。男の子が分厚く膨らんだ財布をとりだしている。なんだかとてもほほえましく思え、武史は芳恵と顔を合わせた。その光景を見ていた芳恵も武史を見上げ、笑いかける。

「あの子たち、やっぱり結婚指輪よね」

個室に入り、スタッフがいなくなると芳恵はそっと言った。

「婚約指輪かもな」

「お財布、分厚かったよね」笑いをこらえるようにして芳恵が言う。

「今の若いやつって、金持ってんだな」

芳恵はうつむき、何もはまっていない薬指に右手で触れ、

「なんか、いいわね」とつぶやいた。

「そうだな、なんかいいな」

武史も心から同意した。これから結婚するらしい彼らがうらやましかったのではない。もしこの先うまくいかないことがあっても、きっと今日のことを、膨らんだ財布のことを、二人で選んだ指輪のことを、若い二人は忘れないだろうと思った。そしてそれはきっとずっと先のことなのだ。そのことが、武史にはうらやましく感じられた。

裏側にイニシャルの彫られた指輪を持って、スタッフが戻ってくる。もう一度お試しくださいと勧められ、武史と芳恵はそれぞれ薬指に指輪をはめた。

「このまま、つけて帰ります」ふいに武史は言った。

「かしこまりました。それではケースだけお包みいたしますね。お会計はごいっしょになさいますか」

「いえ、べつべつで」きっぱりと芳恵は言い、武史と芳恵はそれぞれ、相手の指輪の金額を支払う。

会計を済ませてテナントを出るとき、武史はちらりと店内を見まわした。先ほどの若いカップルの姿はもうなかった。

「ああ、おなかすいた。冷たいビールを早く飲みたい。これからいく韓国料理屋って焼き肉もあるの？」

「焼き肉もあるけど、この暑いなか、汗を流して鍋を食べるってのもいいよな。豚とじゃが芋の、なんていったっけ」

「辛いやつね、それもいいね、あとさ、ケジャンも食べたいな、チヂミも」

エスカレーターを下り、デパートを出て、ネオンのはじける明るい夜のなかを、武史と芳恵は並んで歩く。早足で歩きながら、芳恵は左手薬指にはめていた指輪を右手の薬指につけかえている。

「こっちのほうがいいわよね」と言うので、武史も指輪を右手に移す。

夜空にかざすように芳恵はすっと右手をあげた。銀色の光がちかりと瞬く。武史は立ち止まり、そのかすかな光に目を細めた。

「さ、急ご、空腹で叫びだしそう」

芳恵は、そろいの指輪をはめた武史の右手を強くひっぱり、行き交う人を縫うように走り出す。つられて走りながら武史は、なんかいいな、と、さっき若いカップルに感じたのとおんなじことを、自分たちに対しても思う。なんかいいな、別れるときに指輪を贈り合うってのも。

「ちょっと待って、速すぎる！」

手を引かれながら武史は叫び、しかし芳恵は速度をゆるめず走りながら、大きく笑いだす。

本文扉イラスト・やがわまき

＜初出＞
約束のジュエリー　ティファニー　２０１３年
あの宿へ　「ゴールド」世界文化社刊　２０１３年
さいごに咲く花　福井江太郎作品集「花」求龍堂刊　２００９年
最後のキス／幼い恋　「ダ・ヴィンチ」ＫＡＤＯＫＡＷＡメディアファクトリー刊　２０１２年
おまえじゃなきゃだめなんだ　ＪＴ　２０１２年『みんなの山田うどん』河出書房新社刊　２０１４年
それぞれのウィーン　「1865, 2015. 150 Jahre Wiener Ringstraße. Drelzehn Betrachtungen.」
Metroverlag　２０１４年
すれ違う人　「よみうり読書　芦屋サロン」読売新聞社刊　２０１３年
不完全なわたしたち　「レコレコ」１〜８　メタローグ刊　２００２、２００３年
消えない光　プラチナギルド・インターナショナル　２００６年

文春文庫

おまえじゃなきゃだめなんだ

定価はカバーに
表示してあります

2015年1月10日　第1刷

著　者　角《かく》田《た》光《みつ》代《よ》
発行者　羽鳥好之
発行所　株式会社　文藝春秋

東京都千代田区紀尾井町 3-23　〒102-8008
TEL 03・3265・1211
文藝春秋ホームページ　http://www.bunshun.co.jp

落丁、乱丁本は、お手数ですが小社製作部宛お送り下さい。送料小社負担でお取替致します。

印刷・凸版印刷　製本・加藤製本　Printed in Japan
ISBN978-4-16-790275-9